AF295363

Ruta Ett

Kriminalroman

Christer Wallgren

ISBN: 978-91-7699-910-3

Författare: Christer Wallgren

Omslag: Christer Wallgren

www.christerwallgren.se

Tel: 0046 723 111 937

Förlag: BoD – Books on Demand, Stockholm, Sverige

Tryck: BoD – Books on Demand, Norderstedt, Tyskland

V1.02 2018-09-28

Förord

Att skriva en deckarroman innebär inte bara att skriva spännande texter. Jag har gjort research, i vissa fall på ort och ställe. Men mycket uppgifter och inspiration har hämtats på olika hemsidor.

Mycket information har jag funnit på Tullens, BRÅ och olika dagstidningars hemsidor.

Flygningarna som jag berättar om senare i boken är hämtade i huvudsak från verkliga händelser i Sverige.

Jag har även placerat scenerna i boken på verkliga platser och miljöer.

Det som händer i vår omvärld, som vi läser i tidningarna, om skjutningar, sprängningar och mycket våld, finner sin grund i narkotikahandeln, Affärer som går snett, uppgörelser om territorium etc. leder ofta till gängkriminalitet.

Vi har skapat lagar som skall förhindra skadeverkningar vid missbruk av narkotika genom förbud mot innehav och langning.

Polisen för en ojämn dragkamp.

Polisen Per Åström från "Vit Lögn" fortsätter med nya uppdrag i Ruta Ett.

Om författaren

Christer Wallgren debuterade 2017 med deckarromanen Vit lögn. Han föddes 1949 och växte upp i södra Stockholm. Christer har alltid haft intresse för skrivandet, men det är först efter pensioneringen han har tagit sig tid för att ge ut en deckarroman.

Att skriva en deckarroman innebär inte enbart fantasi, utan även sinne för logik. Researcharbete för att finna trovärdiga miljöer och väsentliga fakta är helt nödvändigt. Ett arbete som han tycker tillhör höjdpunkterna i livet.

Vid sidan om författandet ägnar sig Christer åt målning med olja och akryl.

Kapitel 1

Jag hade tagit ledigt idag. Min chef hade sagt att jag måste vara beredd på jobb ändå och kasta mig i en bil och komma till en plats som hon inte visste just nu. Spaningsgruppen hade fått korn på något och det kanske måste bli ett tillslag i morgon. Det måste bli snabba puckar för det eventuella gripandet kunde leda vidare till något som måste tas hand om snabbt. Man visste visserligen inte vad men bättre är att vara beredd.

"Du skall ta hem en civil tjänstebil och ha den körklar nära dig" sa Angelica Persson med en bestämd min.

Rummet som Lisa och jag reserverat för den nya familjemedlemmen som var på väg, skulle totalrenoveras, måla, tapetsera och nytt golv. Men först måste allt gammalt och slitet rivas ut. Kvällen innan hade Lisa hjälpt mig med att flytta ut alla möbler så nu var rummet helt tomt.

Jag lade pannan i djupa veck. Var börjar jag nu då? Jag insåg snabbt att här behövs skyddsplast annars kommer hallen bli helt skitig av allt spring med målarpytsar och gammalt byggmaterial. Sedan måste dörrhålet ut i hallen täckas med plast så det inte rök ut slipdamm i hela lägenheten. Jag borde ha köpt sådant innan jag startade. Jag gjorde en lista över det allra nödvändigaste. Skyddsplast, maskeringstejp, slippapper som skulle passa det slipskaft som jag redan hade i källaren, finspackel, målartvätt, vit takfärg, penslar. Ja och en roller förstås. Undrar om man kan få tag på en målarkeps på affären? Jag hade många grå hårstrån nuförtiden och de behöver inte bli vita!

Jag tyckte det luktade gammalt och ofräscht nu, av någon anledning.

"Tänk att man inte kände lukterna här när alla möbler stod härinne" tänkte jag.

Men inget hade hänt, annat än att möblerna placerats i arbetsrummet så länge och de var också gamla och borde väl ha bidragit till den dåliga luften.

Nej nu får jag sluta att fundera över det och åka till en färghandel så det blir något gjort. Jag kände en person på en färghandel i Vällingby. Hade handlat där i många år och får 10 % där. Bilen hade jag gratis idag så det fick bli en tur dit. Kunde inte ta min egen eftersom jag kunde bli kallad på tjänsteärende när som helst. I bilen satt en telekommunikationsutrustning som gjorde att jag kunde snacka med alla andra i den aktiva gruppen.

Ordern om tjänstgöring kommer via mobilen men detaljerna kommer via polisens telekomsystem.

Bilen stod på gatan nedanför på en plats där det var parkeringsförbud. Men vad ska man göra om man måste använda den snabbt. Som tur var slapp jag eller rättare sagt Polismyndigheten betala några böter den här gången.

Bilturen till Vällingby tog 20 minuter. Vägen dit var blöt och skitig. Vindrutetorkarna gick mest hela tiden. Det var kring plus fem grader och det gick mycket spolarvätska för att hålla rutan ren.

Janne som stod i butiken kände jag rätt väl vid det här laget och han visste att jag jobbade inom polisen.

"Har du sett att det är flera polisbilar på smågatorna runt Lyckselevägen. Vad beror det på? Är det något tillslag på gång?" frågade han.

"Jag vet inte" sa jag. Visst visste jag en hel del om detta, men inte är detta något jag borde annonsera om. Även om jag känner personen jag pratar med och litar på att det inte förs vidare så vet man aldrig vilka fler som lyssnar på vårt samtal.

"Jag jobbar på polisen på Kungsholmen. Det är säkert något som lokalpolisen här ute håller på med" sa jag urskuldande.

"Så kan det vara" sa Janne. "Vad skall det bli idag då?" fortsatte han.

"Det skall bli renovering av ett rum och jag har en lista här" sa jag.

Janne gick runt i butiken och plockade en korg full med grejor. "Hur mycket skyddsplast tror du att du behöver?"

Jag funderade en stund och svarade "har du en rulle på 10 m?"

"Det borde räcka åtminstone för ögonblicket" tänkte jag, *"annars får jag väl skaffa mer sedan"*

Så var det dags att ta frågan från Janne om takfärgen, hur vit skall den vara, nyans, hur många kvadrat, underlag osv? Janne kan fråga han. Mobilen ringde och jag ursäktade mig och gick en bit bort.

Det var chefen som sa att jag måste kasta allt jag har för händerna och ge mig ut för att kolla identiteter på folk som sitter i en bil som kör ut från en parkeringsplats på Lyckselegatan i ett industriområde. Det var i närheten, det var bara att raska på. Janne såg ut som en fiol i ansiktet när jag ropade "Jag måste sticka nu, låt grejorna stå, jag kommer tillbaka och hämtar dem senare!"

Jag öppnade dörren väldigt häftigt. Dörrklockan som satt ovan dörren, det var en gammaldags bjällra vid dörrens överkant, skramlade till. Jag sprang ut till bilen och satte högsta fart. Jag ropade i radion "vilket håll for den åt?" Svaret blev "mot Stockholm". Jag fortsatte "färg, bil nr, hur många personer?" Det raspade till i radion och rösten upplyste mig om" grön Peugot 304, årsmodell 99, PTV 556 och där sitter 2 personer'.

"Är det fler som jobbar på insatsen" blev min följdfråga till insatsledaren över radion.

"Ja" svarade hon. "Det är 1 patrull som tagit upp förföljandet men de har ingen kontakt för ögonblicket. Det är en uniformerad patrull och trafiken är rätt tät efter Bergslagsvägen nu så för att undvika en jakt, vore det bra om du kunde närma dig bilen, stoppa den och så får kollegorna komma ikapp och hjälpa till".

Jag tänkte att det var då en jäkla tur att jag åkte till Vällingby just nu då och meddelade på radion "Tack då har jag kontroll och jag är nu på Bergslagsvägen mot stan". Det sista var en onödig information egentligen för alla bilar var utrustade med GPS och information om plats, fart, riktning, höjd och mycket mera syntes i skärmen i sambandscentralen. *Fasen vet om de inte har koll på däckstrycket också"*, tänkte jag med viss ironi.

Jag gasade på men trafiken började tätna. Nu gällde det att inte avslöja sig men även att påkalla fri väg. Jag måste snitsla mig fram i trafiken och det gick inte för de andra bilarna att bara köra åt sidan. Till vänster var det en rejäl mittbarriär och till höger en hög kantstensrad som man inte passerade utan hög risk för skador på fordonet. Återstod att köra mittemellan de två filerna som stod tillbuds.

Jag hissade ner vänster fönster och stack ut handen med det portabla blåljuset, satte det på taket och var beredd på att ta in det om det skulle bli för synligt för "objektet". Förarna i de närmaste bilarna blev lite överrumplade när det plötslig började blinka blått på nära håll i deras backspeglar. Några trodde säkert att jag var på jakt efter just dem. Så det bromsade bara utan att styra åt sidan. Men jag fick ta det varligt så de hann tänka till och inse att det inte gällde dem utan att jag bara ville komma fram i trafiken.

När de närmaste fattat det så gav bilarna framför också plats. Trångt var det men gick rätt hyfsat trots att trafiken nu tätnat efter Brommaplan och nu hade den blivit till stillastående köer innan Brommaplan.

Jag såg nu en bil som åtminstone på håll verkade stämma med beskrivningen och rapporterade detta över radion. Jag plockade in blåljuset när jag var fem billängder från Peugoten, men föraren fattade inte vad som var på gång. De tyckte nog jag var en korkad idiot som försökte forcera köerna genom att köra mittemellan filerna och försöka tränga mig fram. Några flyttade sig bara men någon envist "höll på sin rätt" och låg hindrande kvar. Ut med blåljuset igen, men nu höll jag det i handen istället, lågt i dörrhöjd, så att de framförliggande skulle se det och minska risken att bli upptäckt.

Ulvsundaplan närmade sig och jag frågade kollegorna, som låg bakom mig, över radion "hur långt har ni kommit? Jag är snart vid Ulvsundaplan och objektet är synligt framför mig". Svaret kom omedelbart "vi ligger 200 m bakom dig!"

Nu var jag väldigt nära, behövde bara passera den vita BMW:n i högerfilen så var jag framme. Den gröna Peugoten hade inte reagerat, inga försök till smitning eller annat. Ut med blåljuset nu, denna gång på taket. Jag gled förbi BMW:n som bromsat upp så jag fick en lucka vid Peugoten att köra om på höger sida. Gasade på lite och tryckte in min bils vänsterflygel framför Peugoten. Jag öppnade min egen dörr och vräkte mig ut genom den med polisbrickan i handen. När jag skulle visa den tydligt slog jag handen i bildörren så brickan hamnade på asfalten. Plockade snabbt upp den och höll den med en utsträckt arm tydligt mot föraren i Peugoten. Skrek åt de två om satt i bilen att kasta bilnycklarna på vägen. Det gjorde de.

Strax efter kom kollegorna med tjutande sirener och de fick öppna Peugotens dörrar och hämta de misstänkta och placera dem i polisbilen. Passageraren satt med en pistol i handen men lade den på bilgolvet när kollegan beordrade det. Föraren, var en kvinna i 40-årsåldern.

Jag tyckte hon såg bekant ut men jag kunde inte placera henne. Någon som jag sett relativt nyligen, men var?

Kapitel 2

Ni kanske kommer ihåg mig, Per Åström, från mitt förra uppdrag?

Livet som polis och utredare går vidare. Min insats förra året, som gällde bevakningen av myntet "Flowing hair silver dollar", från 1794, som ställdes ut på Kungliga Myntkabinettet i Stockholm, hade gått bra. Amerikanarna hade gjort en "Vit lögn" som inte bara jag gick på, utan alla inblandande. Det var en välplanerad "plan B" som det amerikanska säkerhetsbolaget iscensatte.

Hela operationen hade satt spår i polisorganisationen. Men vilka som låg bakom attentatet mot vaktstyrkan hade inte gått att klara ut. Det hade nu gått ett år sedan den händelsen.

Jag bor fortfarande vid Katarina Kyrka med Lisa och bröllopet gick av stapeln som planerat på påskafton förra året. Både jag och Lisa var fortfarande skärrade efter de blodiga händelserna under den våren. Dels mordet ombord på Finlandsfärjan och dels bilsprängningen och skjutningarna framför Kungl. Myntkabinettet.

Polisen hade satt in bevakning efter de här händelserna, av lägenheten och i Stadshuset vid bröllopet. Man hade tom organiserat en skuggning av både mig och Lisa för att se om det fanns några hot när vi transporterade oss till olika ställen. Men allt hade upphört en månad efter att vi sagt ja till varandra i Stadshuset.

Som sagt, livet går nu vidare. Lisa var nu med barn och vi väntade på en lycklig nedkomst till Midsommartid i år. Lisa var nu i 5:e månaden och började känna sig lite trött förutom de rätt vanliga illamåendekänslorna.

Lisa tänkte jobba som förskolelärare fram till dess det var dags att föda. Som hon kände nu, skulle hon nog orka med det. Barnen i skolan var förväntansfulla och frågade ofta när det var dags, vad skulle barnet heta, blir det en pojke eller flicka? Precis som alla ban hade de miljoner frågor. Någon av eleverna tyckte att nykomlingen skulle börja i just deras klass. Lisa hade sagt, lite försiktigt att barnet skulle bli åtminstone 6 år innan han/hon börjar skolan och då går ni i åttan eller kanske nian.

"Men då kan vi vara barnvakt då!" sa en av de engagerade eleverna.

Jag var också förväntansfull, men hade två barn sedan tidigare och var van, så att säga. Mina barn tyckte det verkade rätt kul, men de hade flyttat ut så de tog det med ro.

Jag hade börjat med att renovera gästrummet och det skulle nu bli barnkammare. Tapeterna fick bli i någon grön nyans. Vi visste, och ville inte veta barnets kön via någon undersökning, det fick bli vad de ville så färgsättningen fick bli ljus och neutral. Men möbler skulle vi vänta med in i det sista.

Efter bevakningsuppdraget med myntet hade jag mer och mer jobbat med narkotika. Det vill säga smuggling och internationella händelser som har med narkotikaaffärer att göra. Jag var nu chef över en grupp som jobbade med detta och mest hade det varit spaning på "darknet" som vi ägnade oss mest åt. Hela hösten gick åt för att se vad som hände där ute i verkligheten. Självklart koordinerades detta med narkotikaspaningsgrupperna som jobbade mest på fältet inom Sverige.

Jag trivdes med jobbet och tyckte det var kul. Det innehöll många ingredienser som gjorde att jag inte visste hur varje dag skulle sluta.

Men det hade varit än så länge fritt från resor och dramatiska händelser, vilket gjorde att jag med full kraft kunde ägna mig åt den växande familjen. Jag hade till och med hunnit med att ta en veckas solsemester i augusti på Mallorca förutom att gå en kurs i målandets ädla konst. Ett självklart motiv hade blivit Katarina

Kyrka sett fån S:t Paulsgatan. Ett foto med mobilen från en solig vinterdag, för ett år sedan, hade printats på A4 fotopapper och klistrats upp intill målarduken. Det var mycket detaljer att fästa på duken men efter 8 lektionstimmar var den slutligen klar. Blev faktiskt rätt bra, tyckte inte bara jag utan även min lärare och mina kurskamrater.

Min tillvaro var rätt angenäm för tillfället och jag gillade mitt yrkesval. I alla fall för tillfället. Men jag visste att det kunde ändra sig snabbt och att jag då måste ägna både dag och natt till jobbet.

Jag tänkte tillbaka på min barndom där "Tjuv och polis"-lekar funnits som hos alla andra barn, utan att jag egentligen inte visste vad det innebar att vara polis. När gymnasietiden höll på att nå sitt slut funderade jag en del över hur framtiden skulle bli. Jag bestämde mig för att gå en introduktionskurs som polishögskolan anordnat. Det var en kort men gratis insikt i yrkets för- och nackdelar.

Jag var fortfarande i någon drömlik värld om det underbara att välja den banan i livet. Visserligen hade mina intryck från tidningarna fått mig att inse att polis innebär något helt annat. Så fort någon polis hade dabbat sig, blev det feta rubriker i tidningarna. Om de gjort något hedervärt, fanns inte ens minsta text om detta. Verkligheten måste vara någonstans mittemellan.

Jag bestämde mig för gå på introduktionen och redan där fann jag att utredarjobbet skulle vara något för mig. Det krävdes dock att jag gjorde minst 3 år i fält, dvs som patrullerande polis i bil eller till fots. Närvaro där kriminalitet förekom, helt enkelt! Jag skrev på för att gå polishögskolan och fortsatte sedan ett antal kurser med mål att bli utredare.

Ett antal år hade nu gått sedan min grundutbildning och jag hade nu en tjänsteställning "Polisinspektör med särskild tjänsteställning" som det heter på polisspråk. Den här befordran hade jag fått för 5 år sedan.

Det innebär att jag jobbade mycket fritt både i s.k. inre som yttre tjänst. Jag fick lite speciella uppdrag som bevakning av prinsessan Dianas juveler och den första amerikanska dollarn, när de visades upp här i Stockholm.

Men nu gällde det narkotikabrott av internationell karaktär. Jag hade visserligen jobbat med detta i många år, av och till. Arbetet för mig och mina kollegor handlar om den eviga kampen mot knarket. Ett fragment ur polisens eviga arbete mot det gift som kriminella ligor tjänar pengar på, men som orsakar så mycket lidande. Sveriges riksdag hade för länge sedan stiftat lagar om narkotika. Det finns krafter i samhället som förespråkar ett liberalare synsätt. Här finns argument för och emot och i Portugal där innehavet inte blivit legaliserat utan bara undantaget straff, har inte knarkanvändandet minskat. Men där får man nu en slags avgift att betala, likt en parkeringsbot och erbjudande om vård istället för böter och fängelse. Detta har medfört att sociala kostnader har stigit men lidandet kvarstår.

Men nu hade den svenska regeringen och riksdagen beslutat om de lagar vi har idag och det hade blivit min och många kollegors arbete att stävja den här brottsligheten även om det ibland kändes hopplöst

Kapitel 3

Jag satt hemma och läste en artikel i tidningen om "minnen från barndomen" och drömde mig tillbaka hur det hade varit för mig. Hur mitt intresse för mitt polisyrke hade startat. Ett frö hade såtts i de "tjyv och polis"-lekar jag, min bror och kusin haft för oss när vi bodde hos vår mormor som samtidigt var farmor till kusinen som bodde i samma hus, men i lägenheten på andra våningen.

Varje sommar tillbringade vi en vecka uppe hos vår mormor på Alnö som ligger utanför Sundsvall. Vår mamma var uppväxt i Ankarsvik, en liten ort på ön. Där fanns skola och två mataffärer. De var båda försedda med betjäningsdisk och det var bekvämt när mormor skickade oss att handla. Bara lägga fram lappen med de önskade varorna och ställa den medhavda väskan på disken så plockade personalen ned varorna och sen gick man hem. Vad det kostade skrevs ned i en svart bok och mormor betalade ungefär varje månad. Hon var pensionär och fick pengarna insatta på ett konto på banken som hon åkte buss till för att få kontanter i handen.

Huset var en villa med stor trädgård och förutom alla krusbärsbuskar fanns oändliga möjligheter att smyga runt och gömma sig. Oftast agerade kusinen polis för han hade fått en polisuniform i present och ville nyttja den så mycket som möjligt!

Buskarna dignade av krusbär. Varje kvist hade minst 20 välsmakande krusbär. Det var i senare delen av juli så de var mogna. Godare krusbär finns inte och man kunde äta sig mätt på dem. Det fanns 4 buskar med säkert etthundrafemtio grenar på varje. Jag räknade tills jag tröttnade. Jag och min bror åt inte hela krusbäret. Vi tog bären till tänderna och bet hål i skalet och tryckte innehållet in i munnen. Innehållet var det som var godast och sötast. Skalen hade en lite bitter och sur smak och åt man hela bäret fick man en kärv känsla i munnen.

Min bror och jag var väl lite avundsjuka på kusinen och hans brinnande intresse, något som kanske påverkat mitt yrkesval senare i livet.

Det var inte ett val som hade några likheter med lekarna på mormors gård. Och ibland nästan ångrade jag valet när jag fick konfronteras med livets baksida. På nära håll har jag fått erfara missar, hänsynslöshet, fattigdom och utanförskap. Ibland hade jag blivit hotad, inte vanligt käftande, utan reella hot med draget vapen tex.

Förrförra året var värst. Det var då jag skulle hålla utställningen "Flowing Hair" under uppsikt. Först kom brevhot. Därefter blev hotet verklighet då någon saboterade bromsarna på min bil. Då var det värst för en cyklande kvinna som kom i kläm mellan bilen och en husvägg.

Men värst var i alla fall då min fästmö, nuvarande fru Lisa, blev beskjuten i Torpshammar. En tidigare kärlek räddade henne genom att döda skytten. Det blev ett stort rabalder om detta, då Lisa och hennes tidigare pojkvän hade gömt kroppen i en spånhög.

Jag bodde med Lisa sedan 2 år tillbaka med Lisa på Söder, inte långt från Mosebacke Torg. Jag flyttade hit efter skilsmässan från förra hustrun i Södertälje för 7 år sedan. Det var nog mitt jobb med att knäcka Södertäljenätverket och beskjutningen av Södertälje Polishus, som gjorde att hon inte ville fortsätta. Hon tyckte att det tog så mycket kraft av att ha familj och barn med en man som stod under ständiga hot. Hot som visserligen inte nått till henne och barnen än. Men det räckte att jag i yrket blev både hotad och beskjuten.

Jag hade utbildning från Polishögskolan och många påbyggnadskurser men ingen av dem informerade om att polishus blir beskjutna. Det antog jag att det berodde på att fenomenet var väldigt sällsynt. Händelsen i Södertälje blev som en vattendelare mellan lugna och våldsamma tider.

Nuförtiden är det nästan vardag att det grova våldet inträffar mellan gäng och mellan gängen och polisen. Bara det senaste året (2017) har ett flertal sprängningar av olika slag inträffat vid polishusen runt om i landet.

Det stegrande våldet med alla skjutningar på gator och torg hade även gjort mig fundersam, men inte rädd. Oftast var det så att vanliga skjutningar redan hade inträffat när polisen blivit utkallad. Det vill säga den uniformerade styrkan. Själv var jag numera utredare i chefsställning och konfronterades inte så ofta med buset.

Det som oroade mig mest var vad som kunde inträffa vid arbetsplatsen och i fordon. För inte så länge sedan briserade en granat intill en polisbuss i Tumba när det satt fyra poliser inuti. En 18-åring åtalades för detta och för två grova rån som man misstänker utförts tillsammans med tio andra personer. Samtidigt hade någon anlagt en brand vid den lokala polisstationen. Detta visade att hoten kom allt närmare polisens personal och att det blev allt grövre.

Kapitel 4

Det var ett väldigt surr i korridoren. Jag hörde med ett halvt öra på en diskussion om för- och nackdelar med vänster- och högertrafik. Inte vet jag varför de diskuterade detta nu, det var 1967 som man lade om trafiken. Innan dess hade vi, till skillnad från de flesta andra länder haft ratten till vänster i vänstertrafik. En egendomlig lösning. Omkörningarna blev därmed farliga med skymd sikt. Hela bilen måste köras i ut i mötande trafik innan man såg något. Anledningen till detta hade jag läst i någon biltidning, var att de flesta bilar vi tillverkade här i landet skulle till länder med högertrafik och att vi själva inte hade någon lag som handlade om vart ratten skulle sitta. Dessutom hade vänster- och högertrafik diskuterats i riksdagen sedan 1939 för att slutligen avgöras 1963 till högertrafikens fördel.

Jag gick upp och stängde min dörr till korridoren så fick de diskutera för sig själva, allt var genomfört redan för länge sedan.

"Den första högertrafikförordningen i Sverige utfärdades redan 1718. Denna förordning blev dock inte långlivad. Redan år 1734 ersattes den med en ny som direkt stadgade vänstertrafik", kunde jag läsa på Internet. Jag kunde inte låta bli och slå upp detta, nu när det ändå var på tal.

Diskussionen hade stört mina tillbakablickar på vad som pågick i den förgörande kriminella narkotikahandeln. Ett namn som dök upp då och då var Harry Feng. En person som polisen visserligen häktats och som senare dömts till böter och något kortare fängelsestraff, men som aldrig fångats i nätet för något riktigt grovt.

Han var från början en lokal förmåga i Vällingby, när det gällde narkotikalangning. Man misstänkte, men kunde aldrig föra i bevis, att han ägnat sig åt inbrott och smårån. Men rykten gick om att han hade byggt upp ett nätverk av smålangare i bl.a. Stockholm och distribuerade både pulver och piller av alla de slag. Några av langarna stod på plattan (Sergels Torg, Stockholm).

Harry måste tjäna grova pengar på detta enligt våra utredare här på stationen. Men vi har hitintills aldrig lyckats binda honom till något.

Harry visade sig aldrig med langare själv. Det verkade som han hade ett gäng dealers som hämtade knarket någonstans och sedan levererade detta till gatulangarna. Trots gedigna spaningsuppdrag hade inget hänt mer än att man lyckat sy in några enstaka dealers. De angav aldrig varifrån de fått varorna, utom i ett fall, där den personen sa lite för mycket i domstolen. När han sedan kom ut från 1 månads fängelsevistelse var hans saga all.

När jag för två år sedan bevakade utställningen med den första dollarn "Flowing Hair" hade rykten tagit fart i den undre världen igen om att det var Harry som låg bakom, men att han jobbade för någon utomlands. Det blev en väldig kalabalik på Slottsbacken men som vanligt var det mellanhänderna de hade lyckats binda till stöldförsök och mord. Själva stöldobjektet hade amerikanarna räddat undan själva från uppståndelsen genom att lura oss inblandade poliser rejält med en vit lögn.

Den där Harry verkar vara smart och skygg samtidigt. Jag och andra poliser hade följt honom i hans karriär, men aldrig lyckats hitta annat än indicier. Inget riktigt handfast, inget avslöjande foto, ingen "golare", inte ens ett enda fingeravtryck.

Kapitel 5

Harry bodde i Vällingby tills förra året och hade nu flyttat ihop med sin fru, June Ma som han träffat i Hongkong för några år sedan. Hon flyttade till Sverige med sina barn, Astrid, nu 8 år och Doris som strax skulle fylla 7. De här namnen var inte deras födelsenamn utan som man brukar göra i Asien, så byter man till västerländska namn när man har kontakt med västerlänningar..

June hade hittat jobb i Danderyd inom sjukvården. Lönen var väl inte jättehög men tillsammans med Harrys inkomster från bilverkstaden, restaurangen och alla svarta pengar från narkotikahandeln så levde de väldigt gott. Den stora inkomstkällan kände inte June till. Harry var restaurangägare och ägare av en bilverkstad. June trodde alla inkomster kom därifrån. I själva verket gick inte bilverkstaden så lysande. Bilverkstaden var mer till för penningtvätt och som narkotikacentral.

Bilverkstaden låg i ett garage under hans restaurang. Ingen brydde sig om det kom bilar på besök. Det var

naturligt. Dessutom brukade han bjuda de som var hans
"VIP-gäster" på parkeringsplats i garaget så kom de un-
dan alla vakande ögon, när de kom på besök. Det blev
en bra täckmantel.

Harry hade sett till att han själv inte hamnade i situat-
ioner där missbruk fanns och att han själv hamnade i
drogernas påstådda paradis. Han hade insett att dro-
gerna påverkade både hans mentala skärpa och det fak-
tum att han då kom alltför nära "kunderna" i någon
slags beroendeställning eller att någon skulle se kopp-
lingen till missbrukaren eller som någon sa, brukaren.
Speciellt polisen skulle ha glädje av det.

Efter att ha bott några månader med June och barnen
insåg de att det blev för trångt. Harry hade varit i Norr-
tälje många gånger och även sett Rådmansö som var en
skärgårdsidyll. Harry och June bestämde sig för att gifta
sig och köpa ett hus där vid stranden. En annons hade
kommit ut på ett fint rött hus med två små röda stugor
placerade på tomten som flyglar till det större. På av-
stånd såg det ut som en liten herrgård.

Det var en riktigt fin morgon här ute på Rådmansö. So-
len sken och havet gnistrade i den varma vårsolen. Näs-
tan all snö hade smält bort, endast några fläckar kvar i
dikena. Påskliljorna stack upp rejält ur backen vid hus-
livet.

Harry hade skjutsat ungarna till dagiset när han nu tog sin kaffekopp och satte sig på trappan vid köket ner. Det började grönska lite och på buskarna satt feta blomknoppar som kanske skulle slå ut om någon vecka.

Huset hade han köpt för alla pengar han tjänat på narkotikahandeln han höll på med. Men även pengarna han tjänat på den misslyckade kuppen vid Kungliga Myntkammaren blev en bra grundplåt. Han hade fått en delbetalning för att utföra kuppen och skulle få den andra halvan när jobbet var klart. Men det blev ett misslyckande så de miljonerna kom förstås inte till honom.

Pengarna hade satts in på ett konto på Cayman Islands och det kostade att förvalta dem där. Han fick arrangera bulvaner som tog 10% i provision och det blev många transaktioner via alla möjliga bolag som ersättning för både det ena och andra innan det återigen hamnade på hans eget konto. Ett kontokort var kopplat till kontot och Harry använde det enbart för stora inköp som bilar och så den här fastigheten som hade kostat 10 miljoner kronor. Överskottet från den misslyckade myntstölden hade blivet 30 miljoner svenska kronor. Sedan hade han överskott från den verksamhet han hade inom narkotikahandeln.

Harrys nya liv hade känts väldigt ovant från början eftersom var van att komma och gå som han ville. Men han hade vant sig och for till jobbet varje dag vid 11-tiden och kom hem sent om kvällarna.

Jobbet, det var hans restaurang i Vällingby. En asiatisk krog som serverade luncher på dagarna och hade bordsservering på kvällarna. Lokalen användes också i knarkaffärer då och då. Men inget knark förvarades där utan här gjordes affärer upp i ett avskilt rum innanför köket. Knarket fick man sedan levererat av Harrys medhjälpare.

Ingen annan än Harry själv hade tillträde till det här rummet utan inbjudan från Harry och det var låst. Nyckeln hade Harry på sig.

Rummet hade Harry inrett på asiatiskt vis. Tom. väggarna imiterade de väggar som var vanliga där borta. Svarta ribbor med papperstapet i rutorna.

Ett avsteg hade han gjort och det var låga bord. Han hade sett till att bord som vanliga svenskar trivdes att sitta vid placerades mellan stolarna. Det var ett bord med glasskiva med en hylla under. "Vitrinbord" skulle man kunna säga. Harry hade placerat modellbilder där, MG, Ferrari, Lamborghini och en Qoros. Alla illröda.

Bilverkstaden hade en annan viktig funktion. Den användes som en ompaketerings- och distributionscentral för narkotikan. Paketen som var väl isolerade och omsorgsfullt förpackade kom in med bil söderifrån och in i verkstaden där de öppnades och portionerades i små plastpåsar.

De tog bara in så mänga paket de kunde öppna och distribuera på ett par dagar. De förvarades i olika skogspartier och lador i Mellansverige. Mindre nogräknade bönder hade ordnat sig en extrainkomst för lagerhållningen i avsides byggnader. Varje natt åkte en av de så kallade bilmekarna ner och hämtade lagom mängd.

Paketen hade isolerats med silvertejp och trasor indränkta i parfym eller andra kemikalier för att lura narkotikahundarnas vältränade luktsinne. Ibland kom narkotikan inpackade i metalltankar eller andra metalldelar som suttit inmonterade bilarnas gömställen.

I bilverkstaden portionerades pulver och piller ut i småpåsar. Skålar och skedar samt en noggrann våg användes för detta ändamål. På bänken lade de ut en vaxduk för att inte den skulle bli impregnerad med knarkpulver. En extra försiktighetsåtgärd var, förutom att diska allt noggrant, även hälla dieselolja på golvet och sedan ta upp allt med PROL som är ett slags rengöringsmedel för garagegolv. Det består mest av sågspån och suger upp oljan samt binder smuts och pulverparticklar till sig. Kims medhjälpare tar de här resterna till en gammal grusgrop där allt bränns upp.

Kapitel 6

Mina barn, 24 och 26 år gamla, en tjej och en kille, var på besök idag. Jag var skild sedan 7 år tillbaka och levde ett liv på Söder i en lägenhet intill Mosebacke Torg tillsammans med min fru Lisa sedan 2 år. Det var nu dags för mitt tredje barn.

Det var fyra månader kvar. Lisa tyckte att det började kännas lite jobbigt. Men det var samtidigt en rolig tid som kom låg framför henne, hon hade faktiskt längtat efter detta i många år. Det här barnet blir hennes första.

Hela yrkeslivet hade hon haft att göra med andras barn och nu skulle det bli ett eget att ta hand om. Lisa hade hunnit bli 37 år nu men det var inget ovanligt att bli mamma vid den åldern, nu för tiden.

Allt hade gått bra hitintills även om ett litet illamående funnits sedan första månaden. Det hade hon fixat med att äta murbruk. Hon svalde aldrig men det räckte med att suga på bitarna för att det skulle gå över. Vad detta kom sig, visste hon inte men det räckte med att hon tittade på muren i källaren för att hon skulle förstå att det här var lösningen. Hon hade aldrig berättat det här för någon annan än mig. Lisa trodde att de skulle anse att hon hade blivit lite knäpp.

Lisa tog många vändor till källaren nuförtiden, tyckte jag utan att förstå orsaken. Hon gick ner med sopor, tog sig anledning att besöka garaget och vårt förråd etc. Inte kom jag på varför och jag lät henne hållas med den här fixa idén.

Barnen i skolan tyckte att det här var mycket spännande De ville ha någon som de kunde gulla med. De insåg inte att Lisa dels skulle bli föräldraledig och dels att barn tar man bara med sig på lektioner för korta besök bara.

Lisa jobbade som vanligt som lärare, men hon planerade att ta åtminstone de sista 14 dagarna ledigt.

Barnen kom med de vanliga frågorna; Hur kom bebisen in i magen? När kommer den ut? Vilken färg har den?

Lisa försökte svara så gott hon kunde. Tyvärr upprepades frågorna ofta. Men det var bara att hålla god min och göra det bästa av situationen.

På kvällarna var hon helt slut. Soffan blev hennes bästa vän och där somnade hon redan till halv åtta-nyheterna. Jag fick ofta väcka henne framåt 11 och se till att hon kom i säng.

Sen sov hon till fem på morgonen och var då hyfsat utvilad.

En orsak till utmattningen, berättade hon för mig, var mitt jobb. Jag skulle bli pappa men rörde mig bland fullständigt galna kriminella. Hon läste tidningen varje morgon och läste om allt som hände. Förut gällde det förorter i större städer men numera verkar allt spridit sig som en löpeld runt hela landet.

Hon tänker på vad som kan hända mig. Tidningarnas historier om brott och bombningar mot blåljuspersonal är sann men blir väldigt koncentrerad i tryck. Verkligheten är en annan men man får ett helt annat intryck.

Lisa hade blivit rejält skrämd av händelsen vid Kungl. Myntkabinettet för 2 år sedan. Visserligen satt jag i säkerhet på fiket på gatan intill men det var en våldsam dramatik som utspelade sig. Vad som helst hade kunnat hända. Det var ren tur att inga andra än de direkt inblandade hade drabbats.

För min del var det också det vanliga jobbet som fyllde vardagen. Men tankarna att bli pappa igen kändes kul och mitt i allt kontorsjobb kunde jag komma på mig själv att fundera om framtiden.

Nu var det tid för lunch. Jag tänkte mig en lunch nere på kinakrogen innan jag fortsätter med att kontakta den holländska polisen. De brukade ha en god buffé på den här krogen. Speciellt uppskattade jag dumplings, men även fläsket var utsökt. Det var skuret i stora tärningar sen gissar jag att det legat i någon sorts marinad innan det stektes. Stekningen var lätt så fläsket var mört som bara den.

Men jag hann inte fram till hissarna innan chefen sprang ifatt mig och bad mig komma in på hans rum.

"Du" sa han, "det gäller den där utredningen du håller på med angående flygsmugglingen i Sydsverige, en portugisisk polischef i Lissabon Mr. Moreira, jobbar med narkotikasmuggling, ringde och sa att han hade tips att lämna, men ville inte lämna det på annat sätt än personligen. Jag vill att du åker ned och snackar med honom så fort som möjligt".

Kapitel 7

Förbaskat att jag skall ha en sådan huvudvärk, just idag. Himlen är alldeles kolsvart eller rättare sagt är den mörkgrå med svarta inslag. Det är förmiddag men kändes som skymning.

Grått hade alltid skapat huvudvärk hos mig, varför vet jag inte. Idag är det en typisk sådan dag visserligen, men det måste vara något mer för huvudet känns verkligen.

Kan vara att jag stressade med att packa väskan hemma och sedan rusade till jobbet. Mycket skall fixas innan resan till Lissabon. Flyget skall gå kl. 13.10 och jag måste se till att en konfidentiell rapport om en utredning skulle bli klar innan dess.

Resan till Lissabon förorsakades av en uppgift vi fått i den utredningen som måste kollas upp med polisen där nere. Jag får nog ta ett piller i alla fall. Det brukar jag försöka undvika så länge det går. En kopp kaffe kanske även hjälper.

En rejäl smäll hördes utanför huset och allt blev svart. Jäklars, nu stannade kaffemaskinen då det blivit strömlöst. Min laptop gick nu på batteri så skärmen lyste upp rummet.

Det var åskan som gick men det blev bara en smäll. Nu började det redan ljusna i horisonten och strömmen kom tillbaka. Jag rusade iväg till kaffemaskinen för att få kaffet innan det kanske blev avbrott igen.

Jag placerade koppen bredvid laptoppen och fortsatte med rapporten. Jag skulle se det som ett komplett nederlag om den inte blir klar innan jag lämnar kontoret. Jag hade lovat det och jag håller mina löften.

I den här utredningen hade vi gjort en insats i Västerort. Vår "spangrupp" hade skuggat en langare på "Plattan". Spåret ledde till en kaj intill Stockholms Stadshus där langaren mötte en kvinna i en liten motorbåt vid kajen. Langaren hade hoppat ner i båten och de körde iväg. Langaren hade sedan dykt upp igen på "Plattan" två timmar senare och kommersen var i full gång igen. Spanaren hade blivit ställd. På något sätt hade langaren blivit försedd med nytt knark som troligen låg i båten eller som någon överlämnat senare efter båtfärden. Vilket som var det rätta gick inte att ta reda på.

Kapitel 8

Min chef hade lämnat information till mig. som kommit från Tullen i Malmö. En av deras hundar hade markerat för narkotika när de genomsökte en lastbil. Men det gick inte att finna smuggelgodset.

Smugglarna är uppfinningsrika och de bygger gömställen i bilarna. Det är en evig kamp mellan tullens tjänstemän, tekniker, hundar och smugglarna. Personbilar har använts länge men gömställen blir små och risken för upptäckt är stor.

Lastbilarnas storlek ger större möjligheter. Lastutrymmen har försetts med dubbla golv eller dubbla väggar. Främre delen i en trailer har delats av. Bränsletankar med dolda utrymmen har tillverkats. Extra blindcisterner har monterats. Främre stänkskärmar och motorutrymmen har använts som gömställen.

Narkotikahundarna har känsliga luktsinne och många gömställen upptäcks. Men som sagt, det är en evig kamp. Tullverket satsar på ny teknik. Denna gång en scanner för att genomlysa hela lastbilar.

Scannern fungerar som en stor röntgenapparat, och genomlyser exempelvis lasten i en långtradare eller container. Tullpersonalen behöver således inte gå igenom en hel långtradare för hand.

Nu är scannrarna väldigt dyra så Tullverket har dem som mobila enheter för att de enkelt skall kunna flyttas mellan olika hamnar. Det betyder att det trots allt finns avsevärda hål i det här nätet. Men smugglarna kan inte känna sig säkra då man inte vet var de står uppställda.

Smugglarna satsar därför fortfarande på lastbilar och containrar. Lite svinn får man ta, verkar de resonera. Men nya metoder är på gång.

Jag blev ombedd av min chef att resa till Lissabon för ett besök hos polischef Moreira som ville utbyta erfarenheter och tips som rörde smuggling till Sverige och vägarna för smuggelgodset.

Klockan var nu 10 på förmiddagen och rapporten var klar. Men inte hade mitt huvud blivit bättre. Jag skulle ta en taxi och då fick jag chansen att vila i de 40 minuter färden skalle ta. Sedan skulle jag få någorlunda ro vid gaten om inget inträffade som skulle knapra på reservtiden innan planets avgång. Taxin var i tid. Jag hade satt mig på bänken vid entrén och väntade. Luften var så där krispig den ibland kunde vara vid den här tiden på året innan högsommarvärmen satte in. Solen sken men mörka moln hotade. I horisonten, den del man kunde se inne i stan mellan hustaken, kunde man skönja en regnbåge. Solen stod nog för högt för att färgerna skulle bli klara. Taxin tutade till en gång för att väcka mig ur drömmarna.

Jag klev in och bad om fast pris till Arlanda Utrikes. Nu blev jag som vanligt orolig, hade jag med allt, pass, biljetter, adressuppgifter till hotell och till deras polishögkvarter. Måste känna efter! Jadå allt var med! Nu kunde jag slappna av och sjönk ner ordentligt i baksätet. Chauffören var den tystlåtna typen eller så såg han att jag inte var på prathumör. Jag blev ostörd hela resan upp till flygfältet.

När vi var framme och jag betalat så kom regnet ifatt oss. Det fick bli några raska steg in i avgångshallen. Tavlan där informerade om checkindisk och gate nummer. Allt verkade vara i ordning. Incheckning och säkerhetskontrollen avverkades snabbt och jag hamnade i en soffa i vänthallen utanför gaten. Jag tog fram mobilen för att se om det var något jag missat. Jag öppnade Wordfeud-spelet och funderade på nästa drag.

"Flight SK 1301 till Lissabon! Tid för avgång" ljöd det i högtalarna. Jag ryckte till. Jag hade slumrat till och det hjälpte mot huvudvärken, verkade det som. Jag kände mig sömndrucken, men reste mig upp, passerade incheckningsdisken och in i planet. "Plats A22, plats

A22" mumlade jag för mig själv. "Här är den!" utbrast jag högre än ett mumlande och en av passagerarna tittade lite under lugg.

"Fasen vad trångt det skall vara" tänkte jag när jag gled ner i sätet. En efter en satte sig de övriga passagerarna. Det verkar inte vara så mycket folk som skall med. Än hade ingen tingat på platsen bredvid mig. Damen med en blå hatt placerade sitt bagage i hyllan ovanför sin plats, tog god på sig att ta av kappan för att placera den i hyllan. Den stora handväskan placerades i sätet och nu var det dags att rota fram glasögon och bok. Hon stod i gången och flyttade sig inte trots att det nu blivit en lång kö. Äntligen fick hon ner rumpan i stolen och kön började lösa upp sig.

Planet taxade ut och stannade inte till vid banänden, utan piloten drog gasen i botten och vi for iväg som ivägskjutna med en slangbella. Planet lyfte lugnt och fint och dunsarna från landningsställen hördes när de fälldes upp. Sedan blev det lugnt när vi kom upp och jag slumrade till i sätet.

Jag vaknade med ett ryck av ett oljud. Damen i den blå hatten hade fått en rejäl nysattack. Jag hade läst i en populärvetenskapstidning där det stod att nysningar sprider 1000tals viruspartiklar med upp till 120 km/tim. 120 km/tim är orkanstyrka och damen med blå hatten var rena virusorkanen. Lät som ett JAS-plan på full gas med efterbrännkammarna på. All verksamhet stannade av i planet. Ja det kanske var att ta i men det kändes så efter det abrupta uppvaknandet.

Väl framme hos Mr. Moreira, polischef, hälsades jag välkommen med ett glas portvin och vi satt och småspråkade om väder och vind mest men även om de små fina spårvagnarna de hade i den här staden. Jag fick veta att spårvidden var 900 mm och att 40 stycken av de för Lissabon karaktäristiska tvåaxlade vagnarna kallades "Remodelados" och trafikerade de centrala delarna.

Mr. Manuel Moreira var en trevlig men barsk person i övre medelåldern. Ett fårat ansikte tydde på ett kanske ansträngande liv. Det kanske, rent vetenskapligt, inte hör ihop, men jag får det intrycket i alla fall.

Han var väldigt duktig på engelska, en inte alltför vanlig egenskap hos portugiser i den här åldern.

"Ska vi ta och börja med dagens ärende?" sa polischefen.

Jag tyckte att det var en utmärkt ide så jag sa "Vi i Sverige har ett jättelikt problem med knarkhandel. Många funderar på att ändra i lagstiftningen så att den liknar ert förhållningssätt. Men vad jag kan se så innebär inte ert sätt att hantera och lagföra personer någon som helst risk för den egentliga handelns kriminella personer, bara att synen på narkotikakunder och vård ändras. Men förbrukning och användande verkar inte påverkas. Vad jag förstår har nu Portugal och andra europeiska länder blivit transitländer för den här verksamheten. Vi har spår till Holland, Danmark, Belgien, Spanien och även andra länder, innan knarket kommer till oss. Vi måste begränsa den här smugglingen och har inte annat att göra så gott vi kan".

Jag fortsatte "Smuggelvägarna från producerande länder förändras hela tiden så det verkar vara ett evighetsgöra. Likaså försvinner knarkkungar och deras organisationer men nya uppstår. Den största orsaken till att personer försvinner är att de mördas. Men det finns fullt av arvtagare. verkar vara som spelet Ludo (Fia med knuff). Vi inom polisen tar fast langare och placerar dem i "boet" men efter ett tag får de komma ut på Ruta Ett igen!"

Mr. Moreira flinade åt mitt sista utfall. "Du har helt rätt, ett nästan otröstligt arbete! ". Han fortsatte med nästa cigarett. Han hade nyss tänt en, men det verkar som han är en kedjerökare av stora mått. Hela kontorsrummet var fyllt av rök som syntes väl när solstrålarna lyste genom fönstret.

"Här var jag" sa han och satte ett gulnande finger på Bissau som ligger i Guinea-Bissau.

"Jag besökte dem för ett tag sedan och visste du att det är länder i Sydamerika som ligger bakom? En fjärdedel av Europas kokain tar vägen via Västafrika. Smugglarna flyger med små Cessnaplan med extra bränsledunkar. Men även reguljärflyg nyttjas. Ibland kommer de med båt till de olika ögrupperna mellan Guinea-Bissau och Kap Verdeöarna. De är helt obevakade. Narkotikapolisen där nere saknar det mesta till och med beväpning. Det handlar inte bara om brist på ekonomiska resurser. Det finns folk som inte vill att poliserna skall vara beväpnade. Sedan har vi korruptionen där tex flygplatsen har trasiga röntgenmaskiner sedan många år och ingen vill laga dem för man tycker det är bättre att låta smugglarna gå igenom där mot en lämplig ersättning." informerade min pålästa kompanjon.

"Jag vet att det kommer 3 ton kokain och 30 ton cannabis till Sverige. Ja det är ungefärliga tal. Till det kommer en del andra sorter samt även narkotikaklassade läkemedel. Det finns ungefär 50–60 000 narkomaner i Sverige. Det mesta smugglas i bilar över Öresundsbron men vi har märkt att en del tar andra vägar också" sa jag.

"Det var lite dit jag ville komma, för vi får in tips från olika håll och ett av dem är att en mycket stor last är på väg till Groningen i Holland från en hamn här i Lissabon. Vi tror att en långtradare med lönnutrymmen skall ta det dit. Därifrån skall det sedan lastas om till ett litet flygplan som vi misstänker skall upp till er. Det handlar om ungefär 18 kg. Flygplanet har hyrts i Schweiz av en svensk med tveksamt förflutet. Du får ta tipset med dig och när jag får veta mer av holländarna skall du få veta det. Jag tar dina kontaktuppgifter och överlämnar dem till min kontaktperson och ber dem att kontakta dig" sa polischefen med en nytänd cigarett i mungipan.

"Det låter bra det. Men har du mer detaljer om de här personerna?" frågade jag och hostade till när rökmolnet nådde mig.

"Javisst! Här får du en USB-sticka med några filer och här ett dokument med användarnamn och lösenord. Lägg dem inte på samma ställe bara! Här finns foton, namn, vissa adresser och tom ett par videos som du kan studera när du kommer hem. Och så var det en sak till!" sa Mr. Moreira, "Om något händer mig så står även kontaktuppgifter till min ställföreträdare i ett dokument på stickan du fick. Det är inte alldeles ofarligt att åka ner till Västafrika och ställa frågor. Jag och min familj har fått flera hot. Trots att vi flyttat två gånger har de letat upp bostaden. Jag har polisskydd där numera. Hoppas du slipper detta, trots allt är smugglingen till Sverige bara en rännil av den totala verksamheten. Och jag tycker vi lägger bort titlarna nu, säg Manuel!"

"Tack, och säg Per till mig!"

"Peeer" sa Manuel, med stark betoning på "e".

"Pär" kontrade jag.

Mötet blev kortare än vad jag räknat med och nu återstod en sen eftermiddag och kväll innan sedan hotell och returresa i morgon. När jag är ute och rese och får tid över så passar jag på att besöka sevärdheter på platsen där jag är. Det fanns ett gammalt slott. Castello de São Jorge började byggas på 500-talet och har byggts till och förstörts om vartannat sedan dess. Det gick en av de små vackra spårvagnarna upp på berget där slottet låg.

Det vackra vädret hade förbytts till ett ordentligt regnväder nu. Mörka moln spydde ut regnvatten över hela stan. Jag var naturligtvis högst upp och slottet erbjöd inga skydd mot regnet. Regnvattnet bildade stora sjöar på slottsgården och små bäckar ringlade sig ned mot lägre delar på berget. En del ner mot staden. Inte undra på att man har höga trottoarkanter här.

Regnet verkade aldrig upphöra och det kändes inget skönt att gå runt här. Utsikten var inget att skryta med just nu. Som en stor dimma på grund av regnstormen, över staden.

Jag bestämmer mig för att ta mig hem till hotellet. När jag gick igenom utgångsporten såg jag en liten affär med turistprylar. Kanske de hade paraplyer? Där inne fanns allt om slottet i keramik, glas, trä, metall osv. Precis som alla andra turistaffärer runt om vårt jordklot.

Där fanns paraplyer i ett ställ och jag frågade vad de kostade?

" Five Euro" sa den unga tjejen bakom disken.

"Okey, I want it" sa jag och gav henne en 5 EUR-sedel i handen.

"Shall I put it in a plastic bag?" frågade hon.

"No thank`s, It is raining, I need to use it immidiately" sa jag och tryckte på det automatiskt uppfällbara paraplyets knapp. Paraplyets stång förlängdes till sitt stopp men istället för att veckla ut sig for hela övre delen iväg. Som tur var dörren öppen så hela den tunga toppen flög ut på gatan framför ett förbipasserande par. Jag stod där med häpen min liksom det förbipasserande paret, men mest häpen var nog butiksbiträdet. Hon blev alldeles röd i ansiktet och det blev inte bättre av att hon försökte skuta ihop paraplyet i ett tappert försök att reparera det. Hon gav upp och jag fick ett annat paraply med mig. Det fungerade!

Hotellet jag bodde på låg i området Bairro Alto, kvarter som är kända för sina Fadoklubbar. Fadon har sitt ursprung i Lissabon och är en slags portugisisk motsvarighet till blues. Musiken kunde höras ut på gatan från vissa av de här Fadistorna.

Inte långt från mitt hotell låg ett fadoställe som var en restaurang med Fadomusik och som med sina annonserande skyltar drog mig till ingången.

"Traditionella portugisiska rätter till rimligt pris" stod det på skylten.

"Jag får testa detta" tänkte jag.

Typiska måltider, läste jag på menyn som kyparen gav mig, börjar med torkad fårost från Nisa, hembakat bröd och en skål med goda oliver som sköljs ner med ett rött vin.

Kyparens råd var att beställa en krämig Bacalhau à Brás: en blandning av finskuren saltad torsk, potatis och ägg. Därefter kunde jag välja att hugga in på hemlagade chorizokorvar, vinmarinerade stekar eller grillad fisk. Det fick bli en vinmarinerad stek med en öl till.

Nackdelen med de här restaurangerna är att m man vill höra Fadomusiken så störs det av samtal och slammer med bestick, något som jag läst någonstans, var närmast ett brott på en genuin Fadoklubb.

Kapitel 9

"Det var skönt att det var månsken ikväll", tänkte Harry.

"Allting går så mycket lättare då. Behovet av att använda ficklampor minskar. Helst ska man inte använda dem alls. Ögonen vänjer sig vid månens sken och tänder man ficklampor tar det ett tag innan de återfår full syn igen. Ficklampor drar till sig uppmärksamhet också, vilket inte är bra i den här businessen".

Harry skulle ta emot sin en leverans av kokain från en colombiansk leverantör. Paketet som vägde 15 kg hade färdats med båt till Lissabon och lastats om till bil som gick upp till någon plats i Holland och därifrån skulle det transporteras med flyg till Sverige. Det var andra gången som en sådan här transportväg skulle användas.

Självklart inte med något officiellt flyg utan med ett vanligt enkelt sportplan. Det var inte något av de minsta kärrorna utan ett Marchetti SF-260 hade Harry fått erfara.

Räckvidden var 170 mil i standardutförande men en extratank hade satts i det här planet. Det gick att flyga med 300 km/tim. Det gjorde att en liten flygplats, Enoch Thulin utanför Landskrona, kunde användas. Det var ett beredskapsflygfält på en hemlig plats. Bonden som höll bevakningen skulle naturligtvis larma men avlastningen av det 15 kg tunga paketet gick fort och sedan skulle det ta för lång tid för polis att ta sig dit så planet hann lyfta och man hann sticka iväg med bilen!

Förra året arrangerade Harry en smuggling på det här sättet för första gången och anlitade en person som hade kontakter med en som ägde ett flygplan och som var medlem i en flygklubb i Småland. De tog en tur till Groningen i Nederländerna och flög det lilla Cessna 172-planet till en flygplats utanför Nyköping.

Men den idén var inte så bra, milt uttryckt. De hade anmält hela flygresan till myndigheterna, klantskallarna! Så landningen blev en överraskning. Polisen blev tipsad och de flög rätt i fällan. De två ombord är nu i domstolen för smugglingen och en tredje är gripen i Columbia och skickas till Sverige för rättegång. 18 kg kokain blev beslagtaget. Detta hade ett värde av 18 miljoner kronor på gatan men Harry betalde 6 miljoner till leverantören, fritt Groningen och 100 000 kronor för flygleveransen hit. Allt det gick till spillo på grund av de här amatörerna som bara lovat runt men höll tunt. Harry var väldigt sur över detta och sagt åt dem att de nu är skyldig över 6000 000 kronor som han ville ha tillbaka. Han anade att det inte skulle gå utan "förhandlingar".

Den här gången hade Harry kollat mer referenser bland folk han kände och beslutat sig för att anlita den pilot från Belgien som han använde när det amerikanska dollarmyntet "Flowing Hair" skulle tas om hand. Nu blev det kopian de fick med sig den gången då de blivit överlistade av den amerikanska säkerhetstjänsten. Det var inte piloternas fel. Den här gången skulle det kosta 300 000 att transportera knarket från Groningen till någonstans i Sydsverige.

Harry hade även engagerat Kim som var en gammal skolkompis och som fått sitt levebröd från den här smutsiga handeln med knark innebar, men varken Kim eller Harry hade insett tragedier som följde i spåren av de här affärerna. Eller så hade de förmågan att koppla bort empatin.

Den här piloten visste hur man lurar myndigheterna och hade skickligheten att kunna flyga "osynligt". Nu var han på väg och borde vara här när som helst. Harry hade fått veta vilken flygplats de planerade att använda bara ett par timmar innan landningen och Kim hade åkt ner redan dagen innan för att vara på plats. Hon övernattade i bilen på en liten grusväg i mitten av Skåne och fick väldigt bråttom då Harry ringde.

Piloten hade tillämpat "radiotystnad" för att minska risken för upptäckt. Kim hade fått lova att köra en tur på landningsbanan för att ta bort eventuella stenar och skräp. Bilen hade han parkerat i skogen på en liten stig i skymundan. Det var en svart Volvo XC70 som Harry hade hyrt för att Kim skulle åka ner och fixa transporten till ett gömställe på Södertörn. Hyrbilen skulle vara svart för att en svart bil syns sämre och en XC70 är dessutom vanlig och smälter in i trafikmiljön.

Kim gjorde den överenskomna kontrollen av banan men överraskades av planets ankomst. Det gick tyst och väldigt lågt. Nästan så trädtopparna borstade planets undersida. Strålkastarna hade tänts och Kim blev bländad av det mycket starka ljuset. Planet satte hjulen i banan och bromsade. Harry stod i banänden och planet svängde upp bredvid honom och stannade. Piloten hoppade ur utan att stänga av motorn. Han slet ut det 15 kg tunga paketet och lade det på asfalten, hoppade in igen i planet och drog iväg. Allt var över på några minuter. Kim fick fatt i paketet och halvsprang med det till bilen. Bakluckan hade hon öppnat tidigare så det var bara att lyfta in det i skuffen och sedan köra iväg. Bilens belysning slog hon på först en bit bort på vägen. Nu bar det iväg mot gömstället på Södertörn.

Plötsligt sågs ett inferno av blåljus i skogen. På himlen syntes en stark strålkastare. Kim slog av sin belysning på bilen omedelbart och fick lita på sitt mörkerseende.

Blåljusen verkade finnas överallt. Hon såg i backspegeln att de fanns på landningsbanan vid flygplanet. Framför sig hade hon nu två polisbilar som spärrade vägen.

Trots att poliserna var så många blev fokuset för stort på planet. De poliser som stod på vägen framför fick kasta sig åt sidan och spärren de lagt på vägen fick Kim se. Polisen hade lagt spikmattor på vägen men Kim körde helt resolut av den och ut på åkern. Det var en chansning men inga stenar eller andra hinder fanns där och bilen kunde ta sig upp på vägen 100 meter senare.

Färden fortsatte i hög fart på skogsbilvägen. De efterföljande poliserna hann aldrig ikapp. Men registreringsnumret fick de och slog detta på sin monitor i bilen. Där var numret markerat som hyrbil.

Kapitel 10

Jag tycker det luktar cigarettrök i korridoren. Man får inte röka här. Ett förbud ledningen tagit av hälsoskäl. Dels att motarbeta rökarna och de hälsofaror det för med sig, dels för att rökarnas kollegor skall slippa den bedrövliga luft som cigaretter ställer till med. Men för tre år sedan fuskade en medarbetare på ett annat plan i huset och lyckades slänga en fimp i papperskorgen. Den låg där och glödde till sena kvällen och först då tog det eld på allvar, vilket fick resultatet att halva rummet stod i lågor innan vakten upptäckte detta.

Men jag såg ingen uppenbar fuskare och gick in på mitt rum. Nu måste jag sortera foton och anteckningar jag fått i Lissabon.

Allt låg på en minnessticka som polischefen i Lissabon ställt iordning till mig. De skulle nu kopierad över till den databas vi använder på vår avdelning men även taggas så det blev sökbart även för andra avdelningar. Det här skulle ta hela eftermiddagen så det var bäst att beväpna sig med kaffe.

Vart lade jag lösenordet nu då? Fasen också. Det måste jag ha för att komma in på stickan. Efter en stunds letande hittade jag det i min konferenspärm. Man kan få hjärtklappning för mindre!

Det finns två sidor på en sticka, upp resp. ner, för att ansluta till PCn. Vilken sida som skall vara upp är alltid chansartat. Jag tror mig kunna bevisa att statistiska regler om vad som är rätt sida inte stämmer för jag lyckas alltid vända den åt fel håll.

När stickan väl är på plats och jag knappat in lösenordet dök det upp 16 bilder och en fil med noteringar om vad bilderna föreställer, var de togs, datum samt en anmärkningskolumn där det fanns tilläggskommentarer.

Några bilder var tagna nere i hamnen där det stod en lastbil. Dörrarna på släpet stod öppna. Bilderna visade en person som gick från lastbilen till en personbil med ett paket som lyftes in i bagageutrymmet. I anmärkningskolumnen stod det: "Truck passed border with ferry Abel Matutes from Tanger to Gibraltar".

Det fanns även en närbild på paketet. Den bilden sa inte så mycket annat än att det var inslaget ordentligt i tjockt brunt papper och omsorgsfullt förseglat med silvertejp. Inga märkningar eller adresslappar fanns synliga.

Samma personbil och förare var sedan fotograferad på en flygplats intill ett litet flygplan. Även vid den här bilden fanns en notering: " Red car stolen. Aeroplane registered in Hungary".

De hade lyckats få en bra skärpa i bilderna och förstorat upp deras ansikten men ingen av dem kände jag igen.

Kaffet som jag hämtat från automaten förut hade nu börjat svalna men det gjorde inte så mycket. Jag tycker bäst om kaffe som inte är hett. Jag lutade mig tillbaka i stolen och lade fötterna på skrivbordet. Datorn lade jag i knäet. På stickan fanns ett dokument. En rapport som någon spanare skrivit. Den handlade om bild nr 23A till D.

Rapporten beskriver mötet i detalj med datum, ankomsttid, avgångstid, restaurangnamn och andra formalia. Person "a" på fotografierna hade namngivits Luiz Carlos da Rocha med Alis "White Head". Han hade tydligen anknytning till kokainligorna i Brazilien.

Personen på fotot märkt "b" var enligt rapporten okänd men hade synts på övervakningskamerorna på Lissabons flygplats. De bilderna visade att "b" kommit med Stockholmsplanet.

Jag kände inte riktigt igen den här personen. Han hade asiatiska drag. Men mitt bildsinne sa mig att jag måste sett personen någonstans, kanske. Det är ofta som jag sett bilder på folk som jag inte kunnat placera. Vi har en avdelning som sysslar med gärningsmannaprofiler och det händer att de tar fram teckningar på folk som utgår från signalement, s.k. gärningsmannaporträtt.

Jag skickade de här bilderna på person "b" till dem för att få ett porträtt framtaget. Sedan kör de teckningen mot vårt register för att filtrera fram tänkbara alternativ att titta närmare på.

"Hasse" ropade jag, när han gick förbi i dörröppningen till mitt rum. "Vad önskas, till er tjänst, chefen".

"Jag skickade precis ett mail till "Profilen" med kopia till dig", sa jag utan att notera sarkasmen, "jag vill att du bevakar detta och sedan tittar på de andra bilderna som jag strax skall skick med mailen. År det något du känner igen, något som skall undersökas vidare, ja du vet själv vad det gäller"

Kapitel 11

Ytterligare en trist vardag på kontoret! Här varit ganska händelselöst på sistone. Visst har det inträffat en del saker, men inget speciellt dramatiskt, bara vardagsbrott. Det rörde sig mest om händelser i knarksvängen. Lite spaning på langare och distributörer. Det ena det andra likt. Blir liksom en rutin. Ett viktigt jobb i och för sig då så många hamnar i knarkträsket och som förutom lidandet av själva knarket, även påverkar oss andra. För att få råd med knarket kommer prostitution och kriminalitet att bli en viktig inkomstkälla. En mycket stor del av den kriminella ekonomin baserar sig på knarkproduktion och leder människor i fördärvet, i alla fall de som är på botten i den här näringskedjan. Högre upp lever man väl på ett annat vis.

Jag satt och filosoferande över den "bransch" jag nu sysslade med inom polisen. Ett riktigt träsk där jag fått beskåda både lyx, lidande och död. Det verkar dessutom vara ett arbete som var en "never ending story".

Vissa länder hade avkriminaliserat vissa delar av den här verksamheten och visst hade fria sprutor och nålar förbättrat överlevnaden för vissa narkomaner, men detta medför helt krasst att behovet av narkotika ökar och därmed även den ekonomiska och kriminella verksamheten.

Undersökningar, i de här länderna visar att även när de här åtgärderna sätts in får de inte någon effekt på samhällsekonomin.

Min mobil ringde och jag svarade "Per Åström". Det var chefen, Angelica Persson

"Var är du? Du måste komma till mitt kontor ögonblickligen!"

Chefen lät lite jäktad så det var bara att släppa allt vad jag hade för händerna och springa dit. Det Var faktiskt ett välkommet och uppfriskande avbrott i tillvaron. Jag gillade den här typen av oplanerade avbrott i tillvaron, som en krydda i livet!

Dörren till chefens kontor stod öppen och solen lyste därför in i korridoren som annars var rätt trist.

"Hej, vad står på" blev min inledningsfras.

"Jo, du skall på uppdrag och det omgående. Som du känner till så har svenska småflygplatser mer och mer blivit använda för smuggling och precis nu har vi fått information från polisen i Groningen att ett flygplan är på väg till Sverige med narkotika ombord. Det var en timme sedan de startade och vi har satt Landskronapolisen på detta då deras färdplan aviserar att de är på väg mot Sverige, men landningsplatsen är oklar. En helikopter står strax och väntar på dig på taket och du måste ner omgående. Här är bilderna på de personer vi misstänker, resten tar vi över radion! Skynda dig nu, jag hör helikoptern nu!"

Jag rusade mot hissen som tog mig upp till våningen under helikopterplattan och väntade. Solen lyste mig rakt i ansiktet. Vinden från rotorbladen kylde mig. Motorn och rotorbladen förde ett väldigt liv. Copiloten hoppade ur och kom fram till mig och sa "håll ned huvudet om du vill ha det kvar och följ mig. Sätt dig där bak, spänn fast dig och sätt på headsetet!"

Detta skulle bli spännande, jag hade aldrig flugit med helikopter tidigare. Jag gjorde som han sa och copiloten stängde min dörr och hoppade själv in i förardelen av kabinen,

Det var mycket spakar och instrument. Jag lade speciellt märke till en spak mellan sätena. Den såg ut som handbromsspaken på en bl. Nyfiken som jag är frågade jag "inte har väl helikoptrar handbroms va...?"

Piloten han skrattade och förklarade att det var en spak för att reglera den vertikala kraften, dvs om helikoptern skall lyfta eller sjunka. "Jag visar dig strax, när vi kommit upp i luften" sa han.

Sen begärde han starttillstånd över radion och fick omedelbart svar tillbaka att det var klart att lyfta. Han ökade gasen till flygläge och drog i spaken och helikoptern lyfte. En bit upp i luften förde han styrspaken framåt så nosen tippade och vi färdades framåt. Samtidigt meddelande han över radion att han lyft och var nu på väg i riktning mot Landskrona.

Det gick bara några sekunder innan polishuset såg nästan leksaksaktigt ut genom fönstret. Himlen var knallblå och jag sa till piloterna "härligt med bra väder på färden."

Piloten svarade "jo men se till att du alltid är fastspänd för när det är så här bra väder kan det finnas celler med kraftiga vindar och turbulens och då kan det bli åka av."

Sverige är vackert även från hög höjd. Vi passerade Södertälje och sedan var det skog och åter skog. Men alla vackra sjöar blänkte i solljuset. Vi flög i ljus nu, men man såg att det hade lämnat marknivån. Mörkret sänkte sig snabbt. Vi gick över en sjö och där fick vi hoppa lite i uppvindarna. Men annars gick den två timmar långa färden utan problem.

Jag hade talat med chefen via mobilen om målet, så jag var väl informerad. Piloten i den lilla Marchettin hade trots allt fastnat på radarskärmarna hos flygledningen och målet verkade vara Enoch Thulins Flygplats i Viarp.

Guldläge!

Den lokala polisen var på väg eller redan på plats. Mitt uppdrag var att antingen landa på flygplatsen och identifiera personerna eller att följa efter bilar som försökte undkomma och då leda den lokala polisen. Jag hade även kontakt med flygledningen som följde planet via radar. Visserligen var planet snabbare än helikoptern men flygledningen skulle se om planet avvek från den planerade rutten och då skulle jag flyga efter och beroende på var planet gick ned skulle jag vara på plats i ett mycket tidigt skede, troligen före den bilburna lokala polisen.

Klockan var åtta på kvällen. Vi var framme och låg på 300 m höjd. Vi ser det vitmålade planet på banan och blåljusen framför och bakom planet. Jag hör på radion att de fick tag på de två som satt i planet och hade placerat dem i var sin polisbil. En tredje person satt i en svart Volvo som körde längs skogsbrynet.

Polisen hade legat i bakhåll men var tvungna att låta planet landa innan de ingrep förstås. Planet hann vända och var nu på väg mot dem i full fart. Men piloten insåg att det var lönlöst. Polisen var för nära och de fick nödbromsa planet som fick stopp endast ett tiotal meter innan polisbilarna. Bakom kom nästa gäng poliser och spelet var över. Volvon hade gasat upp bakom planet och körde ifatt det, Dörren på planet öppnades samtidigt som bakluckan på bilen gjorde det. Paketet hämtades av personen i bilen, det hela var över på några sekunder

Volvon vek av landningsbanan och upp på en liten väg i skogsbrynet.

Polisen hade lagt ut spikmattor på vägen men Volvon körde helt resolut av vägen och ut på åkern för att senare ta sig upp på vägen efter polisens spärr.

Färden fortsatte i hög fart på skogsbilvägen. De efterföljande poliserna hann aldrig ikapp. Men registreringsnumret fick de och slog detta på sin monitor i bilen. Hyrbil stod det.

Min pilot och jag bestämde oss för att sätta av mig i Teaterparken i Landskrona. Polisstationen låg bara ett kvarter bort så kunde helikoptern frigöras för andra uppgifter. Hem fick bli tåg eller flyg. Men först till förhören med de inblandade piloterna.

Det lilla flygplanet hade tagits till en hangar redan och undersöktes nu i detalj.

Bilderna jag fått av chefen var bilder som polisen hade tagit i Groningen och visade tydligt knytningen till flygplanet och aktiviteten där nere men var inte tillräckligt tydliga för en fullständig identifiering. Nu skulle jag få se dem "i natura" och det skulle bli intressant och se om de gick att känna igen.

Antalet smugglingar via små flygplatser hade ökat under de senaste åren och en stor del av narkotikan hamnade i Stockholm, det hade polisen koll på. Men exakt vilka personer och hur distributionen såg ut, hade man inte full koll på. Det låg i sakens natur att om ett plan droppar ned på en liten obemannad flygplats så gick det inte att ha full kontroll på alla möjliga flygplatser runt om i landet. Men i det här fallet var det en påpasslig polis Groningen som kunde sätta oss på spåret. Den här gången hade vi övertaget.

Polisstationen i Landskrona är inte stor och hade bara två förhörsrum. Ett rum hade blivit upptaget av en lokal förmåga i någon form av inbrott. De två anhållna fick sitta i var sin cell och togs till förhör en efter en. De två som satt i flygplanet nekade men sa att de bara var där nere på en nöjesresa.

De två som satt i planet hade jag aldrig sett tidigare på någon bild men bilderna kördes nu i Stockholm för att försöka hitta träffar. Namnen hade vi men de fanns inte i vårt register. Verkar som vi hittat två gröngölingar som blivit bländade av en massa miljoner kronor och trott att det skulle bli en lätt match att inkassera.

"Vem var det i Volvon som stod på landningsbanan?" frågade jag.

Ingen av piloterna vill säga annat än att det måste vara någon idiot som körde runt på en landningsbana. Vi höll på att krocka med bilen, påstod båda två.

"Men ni verkade prata med bilföraren, vad vi kunde se!" sa jag.

Båda påstod att de skällt ut föraren för att de åkte runt med en bil på landningsbanan med släckta ljus.

Vad vi, från polisens sida inte berättade, var att vi hittat en plånbok på landningsbanan som Landskronapolisen skickade till Malmö för analys.

Kapitel 12

Krogen på Söder var från början en vanlig pub. Den hade med åren utvecklats till en hyfsad restaurang där puben var en del av lokalen. Harry gillade den brittiska stilen och gick ofta hit. För det mesta gick han dit ensam men ibland följde någon kompis med.

Den här kvällen var han själv och han njöt av det. Mycket surr på hans stamkrog, och mellan affärsbekanta i knarksvängen, gjorde att detta blivit en oas i hans liv. Åtminstone någon gång i veckan.

Ibland hade han med sig sin chaufför eller livvakt om man så vill, men inte den här kvällen. Den personen var ett telefonsamtal bort. Harry aktade sig för att åka fast för en simpel rattfylla.

"Få se nu..." tänkte Harry!

"Förra gången testade jag en Old Speckle, en trotjänare för törstiga strupar. Nu hade de fått in Wisby Klosteröl. Ska man våga byta till något nytt. Ja det får bli så, ingen har dött av någon ölsort ännu".

Det visade sig att valet inte var hel dumt. En lagom beska med fruktig, balanserad smak. Undrar om det inte är med inslag av apelsin, aprikos och honung också. Harry var en rätt god kännare när det gällde öl. Genom att han hade restaurang kom många säljare som lät honom provsmaka samtidigt som de hade små föreläsningar om produkten. Det blev som att gå en eller flera kurser.

Men han var hungrig också och det brukade ha Frankfurter här. Det är en korv som är gjord på kalvkött. Till detta serverades hemgjord Sauerkraut. De kokade kålen i vin och kryddor här i köket så det var absolut färskt! Underbart gott!

Precis när tallriken serverades och Harry stoppat en tugga i munnen kom två personer fram till honom. De var klädda i svart och var muskulösa män men såg vänliga ut.

Harry förstod att de här två figurerna inte var så vänliga som de såg ut. Något allvarligt ville de. Han hade sett dom förut tillsammans med en konkurrerande distributör som gjort sig känd för ovanligt hårda metoder.

"Gott med korv va?" frågade den ena som satt sig på stolen höger om honom. Den andra satte sig på vänster sida och hade något i fickan som var hårt och som hamnade i midjan på Harry. Den personen sa "ta det försiktigt, inget händer!"

Den på höger sida öppnade nu munnen och sa "Du skapar problem för oss. Sverige är vår mark. Se till att dina grabbar håller sig på avstånd! Min chef gillar inte att ni tar affärer av oss!"

Ryktena gick på stan att några deltagare i den gamla "juggemaffian" hade blivit aktiva igen. Den här gruppen leddes av en person från Balkan som var involverad i ett gangsterkrig som pågått i Stockholm några år nu. Harry hade fått två av sina män likviderade de senast två åren och nu började han tröttna.

Harry var tyst en stund, medan han tänkte igenom situationen. Det fanns egentligen bara ett alternativ så hans svar blev "vill din chef prata med mig, går det bra, men skicka inga budbärare, förstått!!"

Besökarna blängde men sade inget, bara gick iväg ut genom dörren.

Kapitel 13

"Spangruppen" hade sett att vissa av langarna på plattan (Sergels Torg) alltid ringde i mobilen och sedan gav sig av. Den första hade gått ner till Stadshuskajen och hoppat i en båt som kördes av en tjej. Den andra de sett hade skuggat till Södermälarstrand där samma sak inträffade.

Var de gick iland sedan, visste ingen.

Samma sak upprepades många gånger och "Spangruppen" skuggade 5 langare som gjorde samma sak, gick till en kaj, hoppade i samma båt med samma tjej bakom ratten på den öppna RIB-båten och försvann någonstans på Mälaren. Men langarna dök alltid upp på Plattan igen efter ett tag. Detta upprepades ibland två men ofta även tre gånger per dag. Men det var aldrig mer än två langare i taget på Plattan som gjorde så här. Var de andra tre var visste man inte.

Kameran var gruppens främsta verktyg Alla langare på plattan inklusive de här fem speciella, fanns på bilder ensamma eller med kunder. Vad man gjorde på sina kryssningar på Mälaren kunde man bara spekulera i. En nypa sjöluft är som bomull för själen? Nej, knappast, de här personerna verkade inte vara några friluftsälskande båtmänniskor precis. Klart är att det måste ha med langningen att göra, men hur och vad?

"Spangruppen" tog en massa bilder både på langarna, båten och tjejen som körde. Bilderna skickades till mig och Hasse och Maria fick kopior av dem.

"Span" gjorde ett försök med att lägga en polisbåt vid Södermälarstrand men det var misslyckat, så klart. Kvinnan med den lilla båten kom till en plats på Norrmälarstrand, alldeles vid macken. "Span" ser i kikaren att någon går fram till båten och vänder 5 meter från kajen, försvinner sen uppåt stan. Lönlöst, men har man inte provat så vet man inte. Men en information ytterligare fick man på detta sätt. Personen vid kajen var inte någon av de som man sett på plattan och som gått ner till båten på andra ställen. Är det fler inblandade?

Under "Spangruppens" arbete hade jag fått kontinuerlig information och bilder. Kvinnan i båten, som syntes tydligt var blond, rätt snygg, med hästsvans och keps. Klädd i mörka tajta byxor och en svart tröja. Hon såg ut att vara i 40-årsåldern och rätt sportig. Hon verkade duktig på att lägga till med båten till kajerna på de olika platserna.

Jag insåg att här måste göras något radikalt. Det går inte att komma med en krigsmålad polisbåt och tro att det skall fungera. Alla i den här knarkbranschen hade ögon i nacken, kanske till och med i öronen. Det verkade som de noterade allt och spaningar som var det minsta taffliga, avslöjades direkt och spaningsobjekten försvann ur sikte. Både på landet och i en stad finns många möjligheter för spanare att gömma sig. Det kunde vara så enkelt som mörka gränder och i portar men mer avancerade möjligheter hade nyttats som tex inne i butiker eller i ett kontor på andra våningen mot gatan. Där kunde spaningar pågå veckovis om man ville. Men på sjön finns inget att gömma sig i eller bakom. Man funderade på att använda civila polisbilar och spana med kikare och teleobjektiv från andra sidan, på Södermälarstrand, men man hann inte flytta bilarna så snabbt som RIB-båten rörde sig över Mälarens vatten. Man visste inte vart den skulle ta vägen eller vid vilken kaj den skulle lägga till.

Jag bestämde mig för att hyra en båt för att inte väcka uppmärksamhet. Se ut som en person som bara var ute och tog en tur.

Var hyr man båt då? Det blev att lusläsa Internet och jag kunde inte hitta någon på västsidan om slussen, På Djurgården fanns däremot en uthyrare.

"Sjutton också", tänkte jag, *"jag som aldrig varit i en sluss förut. Båt har jag både kört och åkt tidigare, men inte i slussar. Men någon gång skall väl bli den första"*.

Det blev att lyfta luren och personen som svarade lät positiv när jag frågade om man kunde hyra en båt? Konstigt vore väl annars!

"Vad har ni att erbjuda" frågade jag den vänliga och positiva personen.

"Om det skall vara den här veckan", sa personen, "blir det svårt. Finns inget inne, men nästa vecka har jag en Anytech 622!"

"En sexmeters alltså", sa jag och försökte låta så insatt som möjligt. "Ja nästan 7 meter är den och den har en 150 hästars motor och gör 35 knop"

"Är den ledig nästa vecka?" frågade jag och svaret blev "Javisst, du kan hämta den på måndag och lämna den senast på söndagen därpå"

"Vad är hyran?"

"Den ligger på 8 000 kr i veckan och vi vill ha en deposition på 16 000. Självrisken på försäkringen är 8 000 kronor och försäkring ingår."

"OK, jag bokar den" sa jag.

Egentligen skulle jag satt upp polismyndigheten som hyresman, men jag tog den privat så det inte skulle spridas att vi hyr båtar. Det skulle i så fall bli en intressant diskussion med ekonomiavdelningen när jag lämnar in reseräkningen. Man får passa sig så inte tidningarna får något att yla om. Så självklart hade jag fått det här uppdraget sanktionerat högre upp innan jag ringde båtuthyraren.

"Hasse! Kan du komma" ropade jag i korridoren. "Kommer" hör jag inifrån hans kontor och sedan raska fotsteg i korridoren.

Hasse klev in och satte sig i min besöksstol och undrade "vad står på?" Jag brukade inte ropa i korridoren om det inte var något speciellt på gång.

"På måndag" sa jag "hoppas jag du kan ut och åka båt med mig, jag behöver en gast" sa jag.

"Va, har du skaffat båt? Grattis!"

"Nej, nej, vi skall jobba. Du vet den där tjejen med gummibåten?

"Gummibåten!" sa Hasse lite föraktfullt, "det är en RIB-båt och går fort som tusan"

"Jag har hyrt en Anytech med 150 hästar och den går också fort som tusan, och jag tänkte vi skulle idka lite spaningsjobb till sjöss. Du vet nog att "Span" har försökt, men de gjorde det med den officiella tjänstebåten med jättelika Polisloggan. Det gick självklart inte alls. Objektet drog som en avlöning så vi måste hitta på något nytt".

"Ska vi försöka se var hon tar vägen med gummibåten" flinade Hasse.

"Ja, precis, så vi klär oss så båtanpassat vi kan och du har säkert några fiskespön att låna ut?"

"Jo men visst, storfiskaren!" sa Hasse som visste att jag inte fiskade så ofta, och när jag väl gjorde det så blev det inte napp så ofta att det störde.

Det var inte utan en viss upprymdhet jag inväntade att måndagen skulle komma. Jag hade avtalat kl. 9 på morgonen med uthyraren och Hasse skulle möta upp mig vid grinden samtidigt.

Jag tog bilen ut till bryggan och Hasse stod där redan och väntade.

"Perfekt dag för en båtutflykt", tänkte jag.

Vädret var fint, varmt och soligt. Fiskekort för Mälaren hade jag köpt via en hemsida på Internet. Dofterna från sol och hav hade alltid haft en lugnande inverkan på mig. Jag mådde gott nu och tog chansen att insupa atmosfären med båtar och glittrande vatten.

"Är det du som sköter uthyrningen?" frågade jag en kille som stod på bryggan. " Ja visst" fick jag till svar.

"Vi går in hit i kiosken för att klara av alla papper. Ska ni långt?"

"Vi tänkte ta en tur i Mälaren och testa fiskelyckan" svarade jag samtidigt som jag passerade dörren in till kiosken. Väggarna i det lilla utrymmet var klätt med båtaffisher och på hans bord stod ett ställ med osorterade broschyrer. Killen tog fram blanketter och började skriva. Efter ett tag, bad han mig underteckna både på framsida och på baksida, där villkoren fanns uppräknade.

"Kolla in båten nu och se om ni ser några skador och berätta det för mig. Vad jag vet är båten helt fri från skador, men ni vet att ni har ansvaret nu!" sa killen. "Sen är det bara att kasta loss. Här har ni flytvästar som blåses upp om ni hamnar i drickat!"

Hasse kastar tamparna på bryggan och jag backar ut med motorn på tomgång.

Äntligen var vi ut på sjön, en tur som i min drömvärld var som en skön avkoppling i solgasset, men som i själva verket skulle vara en ren arbetsresa. Picknickkorgen var packad med mackor, vissa med lagrad ost på och vissa med torkad italiensk skinka. Ett paket kakor med sylt fanns där också. Drycker i form av kaffetermos, lättöl och vanligt vatten hade jag sett till att få med. Så nog skulle vi klara oss.

Eftersom hela Slussen var under ombyggnad och Karl-Johan-slussen var avstängd, var det bara att åka runt hela Söder för att komma till Riddarfjärden där vi kunde lägga oss och spana. Nu skulle vi korsa Saltsjön för att komma in i Hammarbyleden. Sjökortet meddelade att fartgränsen var 10 knop. Nu hade vi 150 hästar på akterspegeln och visst kändes det som "brådskande tjänsteutövning" nu när de här hästarna ska testas.

Det var tryck den här motorn, helt klart och gasreglaget fördes framåt. Båten reste fören mot himlen en kort tid och sedan planade den ut. Jag fick hålla i mig ordentligt på grund av axelerationen. Vi var snabbt uppe i 35 knop. Sträckan över till Danvikskanalen som låg före Hammarbyleden var bara en distans (sjömil) så överfarten gick på någon minut.

Inte undra på att Stockholm kallas för Nordens Venedig. Att köra i Hammarbyleden med stadsmiljö på sidorna är verkligen något speciellt. Hus som reser sig på båda sidor kanalen. Folk som promenerar på sakerna en sådan här vacker dag. Några vattenpölar är rester från gårdagens ymniga regnande.

Hammarbyslussen närmade sig. Över slussen kan man se de 3 mäktiga broarna som förbinder Stockholms södra förorter med Södermalm eller som man säger i vardagligt tal, kort och gott, Söder.

Nu var prövningens tid här. Första gången som jag kör i en sluss. Skönt att färden var mot vattenströmmen. Hasse fick stå i fören på båten och fånga någon lämplig angöringspunkt med båtshaken. Det måste vara i fören. Om jag tog tag i ringen när jag står österut kommer båten att svänga runt när vattnet släpps genom slussporten.

Via mobilen fick jag nu höra att en av de bevakade langarna hade börjat gå ner mot Norrmälarstrand. Nu blev det verkligt bråttom. Vi skulle förbi Årsta Holmar ändå bort till Långholmen, gå styrbord ut på Riddarfjärden. Avståndet dit bort var ungefär 4 distans och med full fart på båten skulle det ta 19 minuter. Men det skulle vara livsfarligt med alla trånga sund och passager. Bra att passera under Liljeholmsbron med 30 knop skulle innebära en extrem fara för alla inblandade. Förutom fara för båt och liv innebar ett missöde att hela spaningen skulle omintetgöras. Jag meddelade via radion att vi kanske hinner, men det blir osäkert. Dessutom var risken stor att någon skulle ringa polisen för att vi gjort en vansinnesfärd i farleden som var hastighetsbegränsad till 8 knop. Inget skulle stoppa dem så vårt uppdrag var okänt i organisationen. Och någon polisbåt ville vi inte ha bredvid oss.

Jag gasade på så mycket som jag vågade och där det var möjligt. Det fanns flera sträckor efter den här sträckan där man kunde pröva motorstyrkan. Båten hoppade fram i den sjö som bildats efter en lastbåt som gick där. När det är så smalt som det är här studsar vågorna mot kajkanterna och man får upplevs dem både 2 och tre gånger innan de ebbat ut.

Vid Långholmen var svängen så skarp och sikten så skymd att jag fick ta ner farten rejält.

Eftersom klockan var ungefär 2 på eftermiddagen kom solen att lysa mig i nacken. Varmt blev det som tur var då vattnet vid den här tiden på året kylde luften och fartvinden kändes därför åtskilliga grader kallare än det var i verkligheten.

Långholmen passerades och nu var vi ute på Riddarfjärden då mobilen ringde. Det var spaningspolisen som följt objektet och meddelade att objektet kommit till Norrmälarstrand och hoppat i en RIB-båt som nu lämnat kajen.

Vi hade inte hunnit komma i position riktigt än så avståndet blev för stort för att kunna använda en kamera för identifiering och dokumentation.

"Förbaskat också", tänkte jag!

"Hasse, vi hann inte fram, du får fiska nu!"

"Ska bli riktigt trevligt, du fixar eftermiddagsfika, va?!"

Nu blev det att ligga strax utanför Södermälarstrand och invänta nästa tillfälle. Hasse riggade kastspöet och

gjorde några kast. Hur det nappar härinne på Riddar-
fjärden visste ingen av oss. Men det viktigaste är att se
ut som fritidsfiskare för omgivningen.

Nu när Karl-Johanslussen var avstängd var det inte
mycket trafik härute.

Jag hade kikaren tillhands och spanade på de få båtar
som kom förbi. De flesta var öppna eller halvöppna
plastbåtar i 5–7 metersklassen.

Jag njöt av båtlivet nu, kaffe i koppen, syltkakor och
solsken. Hasse kastade och kastade men än så länge
inget liv i sjön.

Jag lutade mig tillbaka I förarstolen och beundrade
Stockholm Skyline. Husen speglade sig i den relativt
lugna vattenytan. Bilarna körde efter Norrmälarstrands-
leden. Från vissa kom det som ljusblixtar. Det var
kromdetaljer som kastade solkatter runt omkring sig.

Några fotgängare syntes promenera längs kajkanten.
En person svängde av ner till flytbryggan där det låg en
båtmäklare. Kanske en presumtiv båtägare?

Vi hade lagt oss utanför Långholmens östra udde och
hade en fantastiskt fin utsikt och tack vare solskenet
kunde man, med kikarens hjälp, se många detaljer på
långt håll.

Plötsligt hördes ett öronbedövande brak. Lät som någon
välte tomma oljefat i backen. Det kom från udden. Där

låg ett båtvarv som såg ut att ha funnits där väldigt länge för där låg flera byggnader med olika byggår, typiskt för gammal industrimiljö. På kajen låg en mindre grå båt med svart köl och en större. Den stora var en knallröd bogserbåt. Såg rätt ny ut.

Det var väl underhållsjobb som utfördes på dem och ibland blir det kanske slamrigt. Men något som gjorde mig fundersam var varför någon skrek till mitt i braket. Hade det hänt något oberäkneligt? Något som inte var normalt. Jag kunde inte se exakt varifrån ljudet kom och inte kunde jag se något som avslöjade vad som hänt.

Spaningsarbete innebar 95 till 100 procent väntan och resten någon form av aktivitet. På så sätt var det välkommet med inslag av den här typen.

Ett motorljud hördes och det närmade sig rätt fort. Båten kom västerifrån och mot oss. En gammal träbåt av Pettersontyp. Den skär som en kniv i vattnet. Den gick in mot Pålsundskanalen. Där inne finns en båtklubb med Förtöjningsplatser för folks fritidsbåtar. Den här båten var nästan en möbel. Väldigt väl underhållen. Träytorna var skinande blanka och beslagen i blank mässing. En fröjd för ögat. En riktig klenod!

Sirener hördes i bakgrunden. Något utryckningsfordon körde på Västerbron i riktning mot Hornstull.

Jag riktar kikaren ömsom mot Riddarfjärden ömsom mot varvet. Ser en gaffeltruck och en baklastare komma från vår sitt håll mot en och samma plats på varvet. Kan det vara där något hänt?

Nu hördes mer motorsurr. Lät som en modern båt var på gång. Någon stor fyrtaktare. Den kom också mot oss. Svart skrov. Fören var högre än på vanliga båtar. Såg ut som en gummibåt. Den närmade sig i lugnt tempo. Kan det vara RIB-båten som är vårt spaningsobjekt?

"Hasse, nu får du spela en förtroendeingivande fritidsfiskare för nu kommer nog det vi söker" "Vad tror du det här ser ut som då? Inte en jäkla fisk i hela båten, det är väl förtroendeingivande!" svarade Hasse med ett ironiskt flin över hela ansiktet.

Sirenerna närmade sig kvickt nu. Blåljusen från ambulans syntes från kajen. Hoppas att ingen fått allvarliga skador.

Den svarta båten kördes av en person och hade inga passagerare. "Kameran Hasse det är en tjej som kör!" Det sista lät som att det var helt otroligt att en tjej körde båten. Men jag syftade på de foton som tagits av "Spangruppen" tidigare och även då hade de identifierat en kvinna.

Båten gick i riktning mot Slussen, ganska rakt på, men utanför Stadshuset svängde den tvärt babord mot

Stadshuskajen. Jag tog mobilen och ringde spaningsledaren och sa "Jag tror objektet närmar sig "Papperskvarnen!"

Man vill inte ange exakta positioner, ens i en skyddad mobil. Namnet "Papperskvarn" syftade på det faktum att före Stadshuset låg där en ångkvarn som brann 1878. Den hette då "Eldkvarn" och när den revs ersättes den av Stockholms Stadshus som är centrum för Stockholms administration och av vissa fått namnet Papperskvarn".

"Okey, vi har folk inne på gården på Eldkvarn och ett objekt har gått i riktning mot detta." sa spaningsledaren.

"Vi får se vad som händer nu, för vårt objekt har angjort kaj nu" meddelade jag.

Vi hade startat motorn nu och gled sakta mot Stadshuset. Hasse hade tagit upp lina och drag så det inte skulle sugas upp i propellern. Jag hade kameran till hands och plåtade några bilder. Men nu stängde jag av motorn och Hasse fortsatte sitt fiktiva fiskande. Jag vet inte ens om han hade rätt drag i sjön. Men det kunde ingen annan avgöra heller.

"Objektet står på kajen nu vid båten och kliver ner i den. Han har en väska med sig". Jag kommenterade tillbaka "Såg det och har tagit foton. Han sätter sig ned i båten och föraren förbereder avgång."

Jag ser hur vant hon kastar loss och backar ut lite innan hon gasar framåt. Detta gör man för att motorn inte skall slå i kajkanten.

"Hasse, dra upp metreven nu. Leka får du göra senare. Vi far."

"Ta kameran och fota närbild på plottern vid lämpliga tillfällen" sa jag till Hasse med tanke på att vi måste dokumentera platserna vi besöker..

Hon styrde båten mot Västerbron och kärade (sjömansspråk för att gå nära) de gröna prickarna strax öster om Kungsholmstorgs brygga.

Vi smög efter och Hasse fotade både plottern och RIB-båten. Men plötsligt stannade den under Västerbron. Vad är nu på gång? Hasse som ser allt via teleobjektivet knäpper en massa kort i serie.

"Vad händer?" frågade jag. "De höll på med något, ser ut som de flyttade något från en väska till en annan. Sedan gav han henne något i handen" upplyste Hasse.

"Kan det vara någon slags transaktion?" sa jag. "Kan det vara. Jag har allt på bild nu" log Hasse nöjt.

Hon vänder båten och går i riktning mot Slussen igen. Nu hade farten på hennes båt ökat rejält. Gjorde säkert 10–15 knop nu och de rundar den gröna pricken utanför Stadshuset.

Jag ringer spaningsledaren och meddelar att objektet gick mot Klara Strandsleden.

Hon angör en brygga som är avsedd för turistbåtar vid Klara Mälarstrand och hennes passagerare hoppar upp på den. Hasse fotar och jag Informerar om var killen med väskan hoppade av och att jag ser att han tar snabba steg över Tegelbacken österut.

Hon backar ut båten igen och far bortåt Västerbron återigen.

"Vart skall hon nu ta vägen" undrade Hasse som nog tänkte att turen var klar nu och det skulle bli hemfärd.

"Vi får nog smyga efter. Vi släpper henne en bit, sedan får vi lägga oss på behörigt avstånd" sa jag.

Hon gasade på ganska duktigt i riktning mot Smedsudden.

Hon gasade på ganska duktigt. Utanför Kallhälls Gård girade hon tvärt babord. Jag ökade farten för att hinna med. Hasse stod lutad mot vindrutans överkant med kikaren. Det var inte lätt att se detaljer i den när båten hoppade i vågorna. Men det räckte att se vart den tog vägen.

"Verkar som hon tänkte gå in i Långholmskanalen" fick Hasse säga med hög röst. Motorn var visserligen en modern fyrtaktare men i den här farten var den livlig.

Hon rundade den östra udden på Långholmen men vek ner mellan Reimersholme och Gröndal.

Jag drog av gasen.

Trafiken i den här leden är tät. Här går fritidsbåtar av alla slag, sightseeingbåtar, restaurangbåtar och allehanda lastfartyg. Kommer ett av de sistnämnda blir det trångt och bäst är att hålla sig undan. Manövermöjligheterna för lastfartygen är liten, dels för de är tunga men även för att de måste gå i den djupa delen av farleden så de inte går på grund.

"Håll i dig nu, Hasse, David möter Goliat. Jäklar vad stora de ser ut när man kommer nära." sa jag.

RIB-båten framför höll väl åt sidan, men fick gunga ordentligt i vågorna.

Hon gjorde en styrbordsgir mot land och försökte lägga till mot en brygga. På vår sin sida av bryggan var det två polkagrisrandiga stolpar. Fartyget som passerat lämnade en hel del vågskvalp efter sig. Hennes båt gungade och hon lyckades inte fästa en ramp i öglan på bryggan. Relingen studsade mot bryggan så båten gled ut. Van som hon var, lät hon motorn gå tills båten var förtöjd. Hon backade ut ett par meter och körde in igen. Den här gången blev båten förtöjd på ett säkert sätt och motorn tystnade.

Med ett vigt hopp kom hon upp på bryggan. Stadiga steg upp för den lilla trappan och ut på gatan ovanför.

"Jäklar" utbrast Hasse " det är för mycket vegetation här. Jag ser inte i kikaren vårt hon går".

"Vi kan inte göra annat än vänta nu" sa jag. "Vi tar fram mackorna och kaffet. Ska bli gott med lite lunch eller som min pappa brukade säga, middag"

"Åt han inte lunch då?"

"Det var det han kallade middag. På kvällen åt man kvällsmål!" svarade jag.

"Var han bonde?"

"Ja i alla fall i unga år, sedan blev det bilmekaniker och därefter urmakare, skillnaden var bara storleken på kugghjulen. Och numera är både bilar och klockor batteridrivna" flinade jag.

Lunchen gick i. Mackorna hade rökt lax med pepparotsgrädde och gurkskivor. Gott som fasen. Eller var det aptiten som var den bästa kryddan?

Kapitel 14

"Vi går in här och tar en korv" sa Hasse till Maria.

"Ta en du. Jag tar en bubbelvatten bara" svarade Maria.

De två var arbetskamrater och anställda på min avdelning sedan några år, som utredare. Erfarna och duktiga bägge två. De blivit riktiga parhästar.

Hasse och Maria hade åkt till Plattan och var nu i T-centralens norra utgångshall. De hade bestämt sig för att titta närmare på langningen här. "Spangruppen" hade kartlagt vägen från de olika båtplatserna till plattan. De hade skuggat de här figurerna och mest aktiva hade varit 5 personer. Alla var nu fotograferade och därmed dokumenterade. Det fanns ytterligare ett tiotal men de hade inte varit så frekventa.

Det var som vanligt ett jäkla oväsen inne i hallen. Mycket folk i rörelse. Langarna brukar placera sig efter väggen i hallen eller om det var varmt ute, bredvid någon av de många pelarna utanför som bar upp vägbanan ovanför.

Idag var det varmt och den blå himmelen speglade sig i Kulturhusets glasfasad.

I sällskap, fast på avstånd, hade de spanarna Joakim och Niklas som var färska och obrända!

Med brända menar man att de hade blivit kända till utseendet av buset i området och de kunde lika gärna komma i uniform i fortsättningen. De blev då transfererade till andra spaningsuppgifter.

"Korven smakar som alla andra kioskkorvar. Ganska intetsägande" sa Hasse. "Varför äter du dom då?" undrade Maria. " För att jag var hungrig och det var långt till Stadshuskällaren och deras Nobelmenyer" flinade Hasse.

De gick ut i hallen igen. Ställde sig vid utgångsdörrarna och tittade ut. Efter en stund kom Niklas till dem och sa "Ni får hålla ögonen på en person som varit och hämtat en väska från gummibåten och är på väg hit nu. Jag messar över bilden de tog vid kajen!" Så gick han och det tog bara en minut innan han skickade över bilden.

Maria och Hasse spanade ut mot plattan. Joakim syntes vid en pelare på andra sidan. Niklas drog upp sin telefon ur jackfickan och så något. Sedan kom han gående i snabb takt mot oss.

"Nu är objektet på ner i trappan från Drottninggatan" sa han och gick tillbaka till sin plats vid väggen igen.

Personen, en 35-årig kille som var väldigt lik den personen som fanns på bilden som Hasse nyss fått, kom från höger och gick och ställde sig vid en pelare intill.

Väskan hade han placerat mellan fötterna. Han var rätt skabbigt klädd med skitiga trasiga jeans och en tröja som sett sina bästa dagar.

Han hängde mot pelaren och tittade sig oroligt omkring.

"Inget händer" mumlade Maria. Men efter tio minuter kom en kvinna i svart långt hår fram till honom. Såg ut som hon var i 50-års åldern och hon var snyggt klädd.

"Undrar vad hon vill" sa Maria.

"De snackar om något som har med väskan att göra, för han lyfter upp den" sa Hasse. "Det kanske är en deal på gång, inget ovanligt att de som är beroende är välbeställda, men det som är anmärkningsvärt är att hon kom till Plattan, inköpen brukar ske i andra kretsar"

"Vad händer nu, en man kom fram" sa Maria, "Nu var de tre som stod där, men vad fan...!"

Sekunden efter Marias utrop small det som om ett pistolskott brunnit av. "Han skjuter!" halvskrek Hasse.

Folk runt omkring stannade upp och såg undrande ut.

Langaren ramlade ikull på golvet. Kvinnan segnade ner bredvid. "Vi behöver ambulans och förstärkning, jag kontaktar centralen" flåsade Hasse fram.

Nu förstod folk vad som hänt och alla sprang runt för att hitta skydd.

Hasse och Maria sprang ut till de två som låg på golvet. Den som sköt sprang från platsen upp för den stora trappan ut på Drottninggatan. Joakim och Niklas sprang efter.

Blod överallt. På golvet och pelaren. Hasse försökte få liv i langaren och Maria i kvinnan. Men ingen av dem reagerade på beröring och samtal.

Hasse sa "vad kan vi göra?"

"Tyvärr inget annat än att vänta på ambulans" menade Maria.

"Langaren har vi lite koll på vem det kan vara, men vem är hon då?" frågade Hasse.

 "Jag tittar i handväskan" sa Maria.

Maria grävde i handväskan och hittade en plånbok med mycket kontanter. Hon hittade även ett ID-kort-

"Det står Maria Ängby på ID-kortet, säger det dig något?"

"Inte ett dugg, men det finns väl ett personnummer? Slå det på vårt register" uppmanade Hasse.

Joakim och Niklas kom ner till Plattan och flåsade fram "Vi hann inte ikapp, han förvann nedåt Vasagatan. Vi har satt förstärkningar på jakten så de får ta detta"

Det hördes sirener överallt nu så alla förstod att det var något stort på gång.

"Men det var bara ett skott och vi har två skjutna?" sa Maria.

"Jag gissar att kulan gick rakt igenom langaren och studsade mot pelaren. Rikoschetten måste ha träffat henne, det är min teori. Men det måste teknikerna fastställa." replikerade Hasse.

Ambulanserna kom nu ned för rampen vid Kulturhuset.

Kapitel 15

Ännu en fin solig dag och kontoret kändes inte alltför lockande. Synen av lummiga lövträd i den intilliggande parken och solskenet som strålade genom lövverken lockade mig mer. Det var nog därför man uppfann laptopen! För att flytta ut kontoret till parkbänken!

Jag tror nog att jag tar och flyttar ut dit. Jag har en hel del att sammanställa och vilken dag, om inte den här, skulle passa bättre?

Jag gick upp till kontoret och hämtade ett noteringsblock som jag använt vid ett möte igår. Jag kopplade bort laptoppen från laddaren och tog den under armen. Maria som satt i rummet intill ropade "ska du ut på stan?"

"Jag har en del att skriva så jag sätter mig i parken utanför och skriver, så går det fortare när jag får vara i lugn och ro" svarade jag och gick mot hissarna.

Kronobergsparken hette förr Kronoberget och högst upp på toppen låg Kronans väderkvarn och det namnet döpte sedan berget. Den kvarnen brann ner 1835. De hade fraktats hit matjord och lagt den på berget. Numera är berget ihåligt då man placerat en bilparkering under.

Det finns många vägar och stigar kors och tvärs över parken. Jag ville inte sitta direkt i solen för då blir det jobbigt med ljuset på skärmen, men ville även njuta av solens värme. Sökte efter stigarna en lämplig parkbänk och fann den rätt högt upp under en lind (tror jag det var).

Solen värme skönt och småfåglarna verkade trivas, de med, för det hördes en hel konsert från trädkronorna.

Jag fällde upp skärmen på laptoppen och kollade på indikatorn för batteriet. 4 Tim 12 min stod det. Jag hade alltså 4 timmar på mig och jobba här ute. Lagom fram till lunch alltså.

Nu skrev jag de första raderna. En renskrift av mina noteringar. Sedan skulle en summering med tankegångar och åtgärdsförslag följa. Men jag var lite okoncentrerad, njöt istället av det varma försommarvädret. Jag var inte ensam om det direkt, många var ute och promenerade. Just nu kom det 2 killar nerför backen. De snackade med varandra och pekade än hit än dit. De gick i riktning mot mig.

När de kom fram till min sittplats tog den ene fram en cigarett och frågade "Får jag störa dig? Har du eld?" varpå jag svarade "Tyvärr inte, jag röker inte!"

Personerna satte sig på var sin sida om mig på parkbänken. Det var lite trångt på vänstra sidan, men den personen knölade ner sig ändå så jag fick hasa mig åt sidan.

"Fan, kan man inte få vara ifred, vad håller de här typerna på med" tänkte jag.

"Du är polis eller hur?" sa rökaren.

"Hurså" sa jag. "Du vet att du just nu anstränger dig för hårt!"

"Den här typen av hot är relativt vanliga" tänkte jag och kände mig inte speciellt orolig. Det som oroade mig var deras servilitet. Det här är inte vanliga busar.

"Vad menar du?" sa jag.

"Du vet väl vad du jobbar med just nu och vi tycker att det börjar bli lite ansträngande. Om du och dina kompisar inte dämpar ner er så vet inte jag vad vi gör" fick jag till svar. "Tänk på att det inte är så roligt för dig att bli indragen i detta! Tänk igenom din situation nu!" sa rökaren med en blinkning med höger öga.

"Vilken utredning det gällde stod helt klart. Rökaren kände jag igen från biljakten på Brommaplan och det gick inte att bevisa, men mina kollegor anade att detta

*var en av Vojislavs, pojkar. Vojislav, var en ligaledare
i Västerort sedan många år. Vi visste att han var in-
blandad i narkotikaaffärer och andra smugglingsakti-
viteter, men kunde inget bevisa"* tänkte jag.

Båda lämnade både parkbänken och platsen snabbt, ja
de sprang inte men kvicka steg var det.

Kapitel 16

Kim körde som en galning efter grusvägen. Poliserna hängde inte med. Kim hade stor vana från att köra bilar i hög fart på krokiga vägar. Detta hade hon övat på många gånger ute på Södertörn där det fanns många små vägar. När bönderna upptäckte hennes framfart på deras mark blev hon ofta jagad av dem och blev på det sättet tvungen att köra ifrån dem. Rena rama rallytävlingen.

Polisen sätter säkert upp spärrar efter de stora vägarna från Landskrona upp mot Stockholm, det hade hon förstått. Kim fick välja små vägar med lite trafik. Klockan var väldigt sent så hon valde även att ta en nattvila. Inte bara för att vila upp sig utan även för att slippa undan polisen. Hon hade 25 kg knark i bilen och det var knappast lämpligt att polisen fick syn på det.

Hon hade nu kommit nära Klippan och hon hade varit här förut så hon kände till platserna. Det fanns en glänta, söderut, en bit från Klippan, som kunde bli en bra övernattningsplats. När hon kom till vägen som

ledde in där slog hon om ljuset på bilen till parkerings-
ljus för att inte skylta för alla och envar. Gläntan i sko-
gen verkade ha varit något timmerupplag som inte an-
vändes mer. Kim kunde se kvarlämnade murknande
stockar.

Kim hade alltid varit reserverad i mörker och nu kändes
det som tusen ögon såg henna men hon såg ingen. Hon
hatade de här övernattningarna. Hon hade ofta fått göra
det på Södertörn där "lagret" av knark fanns. Harry ville
inte att hela leveransen som ofta var på 10–20 kg skulle
försvinna om någon blev haffad med det i bilen.

Klockan var nu ett på natten och dags att ta en tupplur.
Men först dags för ett toalettbesök i skogen. Kim klev
ur bilen. Marken var mjuk efter en regnskur som måste
ha passerat för några timmar sedan. Luften kändes frisk
och gräset på planen frodades. Det var alltid lika otäckt
att vara på en enslig plats i skogen. En gång hade hon
skrämt upp ett rådjur. Hon hade blivit minst lika rädd
själv och sprang till bilen.

Det var mörkt och hon ville inte gå in bland träden utan
satte sig på huk vid några buskar. En skugga for förbi.
Nu kom en till. Hon hörde ett tjattrande när skuggorna
susade förbi ovanför hennes huvud. Jäkla fladdermöss,
varför skall de alltid skrämmas. Kommer från ingen-
stans verkade det som. Men sanningen är att de brukar
hänga i grenarna på granarna och när man vistas ute så
dyker det alltid upp mygg och flugor. De samlas väl för

de känner kroppsvärme och lukter. Fladdermössen äls-
kar de här små bevingade krypen och jagar dem. De
skräms men gör nytta.

Kim hade gjort det hon behövde och hennes nakna bak-
del hade inte skyddats av fladdermössen. Hon räknade
till 6 myggbett som kommer att börja klia om någon
halvtimme.

Hur bekvämt kan man ha det i en bil, på en skala? Kim
försökte ordna det så gott det gick. Hon satte på bilra-
dion på låg volym och lyssnade på lokalradion. Musik
flödade och Kim vände och ved p sig. Hon var fortfa-
rande uppjagad av kvällens händelser. Efter en timme
km lokala nyheter där det nämndes att vägarna kring
den lilla flygplatsen spärrats av på grund av "pågående
polisinsats".

Kim tänkte *"De skulle bara veta"*.

Kim slog av radion.

Det smattrade på biltaket. Kim vaknade till, stel som en
pinne. Klockan var nu fem på morgonen. Hon vred och
vände på sig. Försökte sträcka på sig, men alltid något
i vägen. Ratt, handbromsspak, säkerhetsbältesfäste, allt
verkade sitta på fel ställe för att få en bekväm uppvak-
ningsperiod.

Regnet hade dragit vidare. Man kunde tom. skymta lite
sol i horisonten. Klicka är nu halv sju på morgonen och

det var ovanligt tidigt för Kim som brukade ligga i sängen fram till nio. Men det var bättre att komma iväg i stället för att ligga obekvämt i en bil.

"Borde inte vara så långt till en mack. Där kan jag både ta frukost och göra morgontoalett" tänkte Kim.

Färden fortsatte efter frukostbestyren upp mot Stockholm. Vid Södertälje tog hon vägen mot Grödingeskogarna och gömstället i skogen.

Kapitel 17

"Jag går nu, syns i kväll" ropade jag från hallen ut till Lisa i köket.

Jag höll på med att kränga på mig den blå jackan.

"Fasen, undrar om jag gått upp några kilon" tänkte jag och ropade ut i köket igen, "har jag blivit rundare på sistone?"

"Jag är nog rundare!" ropade Lisa tillbaka med ett fnitter.

"Apropå det så ska jag till Mödravårdscentralen för allmän koll kl. 10.00, sedan går jag och fikar!" Hon hann knappt säga det innan dörren åkte igen och jag studsade ner för trapporna på väg till jobbet.

"Att bli mamma verkade både spännande och kul. Tänk lyckan av att få se en liten krabat växa upp. Kompisar på dagis, skola, jobb, fritidsaktiviteter". Lisa tänkte tillbaka på saker som hon nu under graviditeten måste avstå från. Som halvklassikern. Den var 1,5 km simning,

15 km löpning, 45 km skidor och 150 km cykel. Hon hade klarat av den till i höstas men drömde redan då att ge sig på något liknande i år. Men planerna blev annorlunda.

Lisa plockade undan disken efter frukosten och gick och duschade. Lite brådis var det för hon skulle vara nere på Götgatan kl. 10.00.

På med kläderna och iväg. Lisa gick ner till Östgötagatan och gick den rakt söderut. Hon kände några ytterst små regndroppar från den mulna himlen. Hon hann ifatt en dam med två små hundar. Gulliga vita med lockig päls och kort svans. Hon var tvungen att gå ut i gatan för att passera dem. Hundarna tittade intresserat på Lisa men damen kollade åt ett annat håll. Damen såg ut som en tecknad figur hon sett i någon tidning och miljön borde varit Östermalm i stället för Södermalm av hennes klädsel och uttryck att döma. En 50-tals look med svart/vit zig-zag-mönstrad kjol, vit blus och en rosa liten basker på huvudet. Självklart glasögon formade med uppsvängda bågar och glitter i överkant.

Lisa hörde en bil komma bakifrån. Den tutade och hon tänkte när hon vände sig om, *"Fan vad bråttom folk har"*.

När hon vände på huvudet small det till. Ett högt ljud. Ett skott! Något kastades ut från bilen och den gasade iväg.

Damen med hundarna chockades av smällen och hundarna blev alldeles skärrade. Men hon lyckades klämma ur sig "Vad var detta?" Hon tog upp föremålet som visade sig vara en sten invirad i ett papper.

Hon gick fram till Lisa som hade ställt sig på knä! "Hur är det fatt?" frågade damen. "Men du blöder!". "Va, var?" skrek Lisa.

"Här" sa damen och pekade på Lisas axel, vid nyckelbenet. Lisa tittade och svimmade.

Damen insåg att Lisa blivit beskjuten. Kulan hade gått rakt igenom axeln och träffat väggen bakom. Hon snappade upp mobilen och ringde 112.

Det tog inte lång tid förrän både polis och ambulans var på plats. En ambulans och två polisbilar med tjutande sirener. Lisa blev omhändertagen och ambulansen åkte till Södersjukhuset.

Damen fick berätta allt hon sett för polisen som tog hand om stenen och det brev den var invirad i. "Såg du varifrån den kom?" frågade en polis. Damen så att hon sett någon i den passerande bilen kasta ut den och att hon samtidigt sett mynningen på något som liknade ett skjutvapen.

Kapitel 18

Det var mitt i natten. Harry låg och sov. Den mobil som Harry hade tillgänglig för vem som helst ringde.

"Vad fan är det frågan om nu då" tänkte Harry, sömndrucken. Harry tryckte på den gröna knappen och svarade kort och irriterat "Ja!"

"Ursäkta vi stör, det är från polisen, men vi vill att du kommer till din restaurang omgående då det brinner där. Brandkåren håller på att släcks just nu.

"Men vad i helvete!! Jag kommer"

"Vad är det frågan om?" June, hade nu vaknat till.

"Krogen brinner, polisen ringde nu, åker dit!" Harry gick skärrad ut och satte sig i bilen och drog iväg. Det skulle ta 45 minuter från Rådmansö till Vällingby.

Tankarna surrade i hans huvud. Hur kan detta ha hänt? Har någon glömt något på spisen? Elfel? Ovarsamhet? Igår när han åkte därifrån hade han inte märkt något alls. Hoppas verkstaden klarat sig!

Harry närmade sig Vällingby och kom nu på Bergslags-vägen. Han såg en rökpelare stiga upp mot den silvergrå himlen. Det var visserligen natt men solen låg strax un-der horisonten så man anade ljuset. Det var en drama-tisk bild som Harry såg genom bilrutan.

Han tog kurvan mot centrum nästan på två hjul. När han kom nära krogen såg han blåljusen spegla sig i fasa-derna. Hjärtat bultade nu hårt. Vad för syn skulle han möta nu? Allt borta? Någon skadad? Tankarna flög runt!

Sista svängen nu. Blåljusen blixtrade honom i ögonen. Bilen ställde Harry på trottoaren och sedan halvsprang han fram till polisbilen.

"Hej, Jag heter Harry Feng, ni hade ringt efter mig!"

"Ja det stämmer" sa konstapeln, "Men jag vill gärna se ditt körkort!"

Harry sa "Jag ska flytta bilen genast!"

"Nej, det är inte därför jag frågar, vi vill bara vara säkra på vem vi talar med"

Harry sträckte fram körkortet med orden "Hur har detta gått till då?"

"Vi vet inte riktigt men helt klart är att det är anlagt, eftersom bilen som står på innergården inte kan ha antänts av branden inne på restaurangen. Det verkar som någon hällt brandfarliga vätska på den och tänt på!"

"Fan" muttrade Harry.

"När var du här senast?" frågade polisen.

"Jag var här igår, åkte vid fem ungefär"

"När stängde restaurangen?"

"Personalen stängde kl. 22"

"Har du en lista på vilka som jobbade då?"

"Jag fick den med Epost vid stängningsdags. Jag kan visa den här i telefonen. Har ni hittat någon i lokalen?

"Inte än, men skicka listan till den här E-postadressen så får någon ringa runt och kolla om någon saknas. Vi kan inte gå in riktigt än, det är för hett även för rökdykarna."

"Men hur gick det med verkstaden bakom då?"

"Den klarade sig men du får nog sanera allt där. Rökgaser har trängt in via dörren mellan verkstad och restaurang och den går hårt åt all metall. Den var nyligen brandtätad, va?

"Ja det gjordes för en månad sedan" sa Harry med en viss skälvning i rösten"

"Varför tätades den just då?"

"För vi hade en brandbesiktning och vi fick en anmärkning" pustade Harry ut för han insåg allvaret i den frågan som kunde leda till misstanke om att det var Harry som anlagt elden!"

"Vems är den vita bilen som står utanför garaget?"

"Ingen aning" sa Harry. "Det står så många bilar där om nätterna. De tycker väl att det är tillåtet när verkstadspersonalen inte är där" informerade Harry.

"Just nu kan vi inte göra så mycket mera, rökdykarna måste in och eftersläckning påbörjas, så jag föreslår att du åker hem och kontaktar dina anställda när de vaknat och ringer försäkringsbolaget under hemfärden"

"Tack då" avslutade Harry och gick till bilen. Han körde ut på Bergslagsvägen igen och mitt i rondellen ringer mobilen. Harry svarar med ett korthugget "Ja".

En röst i telefonen säger "Nästa gång blir det värre, du rör dig på minerad mark. Sverige är vår domän!" Rösten lade på. Harry förstod nu att branden var anlagd av någon som inte gillade hans affärer och rösten antydde att hela Sverige var hans område. En kollega i branschen således.

Kapitel 19

Jag blev uppringd av vakthavande på Södermalms Polisstation. "Din fru heter Lisa va?".

"Ja" sa jag.

"Det här hänt en olycka på Östgötagatan" sa rösten, "Du måste nog åka till Södersjukhuset omgående" fortsatte rösten.

Jag tog min jacka från kroken på väggen bakom dörren och halvsprang ner till utgången och hittade en taxi på gatan.

Det var mycket tankar som for igenom mitt huvud under färden till Södersjukhuset. Vad hade hänt? Vad för olycka?

Taxin stannade vid huvudentrén och jag betalade. Södersjukhuset är en stor byggnad med massor av avdelningar och sjuksalar. Informationen upplyste mig om rätt sal efter att jag fått svara på ett antal frågor.

Jag sprang upp för trapporna och orkade inte vänta på någon hiss. Sal 6:5:2 stod det på lappen jag fick i receptionen. Här var det. Hjärtat klappade hårt av språngmarschen och ovissheten om vad som hänt. I dörröppningen till sälen stod folk i vita kläder och jag fick nästan tränga mig in. Hörde ordet "operation" snarast ur någon av personerna i dörröppningen.

Lisa sov i sängen när jag kom fram. En sköterska närmade sig bakom mig och jag frågade vad som hänt?

"Lisa har fått en skottskada" sa sköterskan "och vi har gjort i ordning henne för operation. Droppet hon får är dels blodersättning, dels smärtstillande." fortsatte hon.

"Men var är skadan då?"

"I axeln, under nyckelbenet. Ser ut som att den gått rakt igenom. Nu skall hon transporteras ner till röntgen och sedan direkt till operation!" sa sköterskan.

Läkaren kom nu fram och sa "hon hade en väldig tur nu då det tog på ett relativt okänsligt ställe, men vi måste kontrollera att inget splitter från kulan eller något ben på verkat något annat i kroppen. Det smärtstillande och lugnande har hon fått inför narkosen. Vi måste dessutom göra noggranna tester för att inte riskera graviditeten."

"Är det några frågor du har så vänd dig till syster här, för jag måste tyvärr gå nu, men jag kommer tillbaka. Ja det var så sant. Skottskador anmäls till polisen. Så de kommer säkert hit. Tur att jag är här redan då!" sa jag.

"Va?"

"Jag är polis" upplyste jag om.

"Bra, men vi måste följa en viss rutin" sa läkaren!

"Vet" sa jag. "Kan jag följa med till röntgen och operation?"

"Till röntgen är du välkommen, men operation går inte!"

Lisa transporterades ned till röntgenavdelningen och en undersökning gjordes. Resultatet skulle bedömas av en läkare och det resultatet fick jag inte veta förrän det var fastställt. "men preliminärt" sa röntgenläkaren, "så ser det positivt ut, men vi måste titta närmare på det innan vi säger något mer"

Sköterskan ringde efter transport och sa till mig att hon nu skulle till operation och föreslog att jag återkom i morgon till samma sal som on lades in på. Operationen kunde nog ta en, par tre timmar och sedan var det uppvakning på det. Sedan blir det nog en del medicinering och annat som avdelningen tar hand om.

Jag åkte inte hem utan direkt till Södermalms polisstation. Jag ville förhöra mig om vad de visste om den här skjutningen. När jag anlände fick jag visa legitimation och receptionisten sa "Jaså det var du!"

Inte visste jag att jag var så känd att till och med receptionisterna visste vem jag var.

"Kom med här så skall du få träffa vakthavande!" sa receptionisten.

Vi gick upp för trappan till ett rum som låg intill kommunikationscentralen.

"Hej" sa jag. "Per Åström var namnet".

"Goddag" sa vakthavande, "jag heter Anders Persson och jag vill att vi skall diskutera det otrevliga som hänt din fru, men det är inte jag som skall göra det, utan Göran Larsson som är utredare och du får gå med så visar jag vägen"

Jag följde Anders och under tiden kunde jag konstatera att det här kontoret var ännu mer spartanskt inrett än vårt. Kala väggar i någon smutsbiege färg. Nötta dörrfoder i grått.

"Här sitter Göran som du skall få prata med!"

"Jag går rakt på sak" sa Göran, nästan lite stressat.

"Vi blev larmade kl. 09.50 i dag. Orsaken var skottlossning på Östgötagatan. En person skjuten. Larmet kom från boende i området samt från vårt huvudvittne som

112

fanns alldeles bredvid din fru! En sten med ett brev låg
på gatan och enligt vittnet hade den kastats ut från bilen
som skytten satt i. Registreringsskylten satt på en stulen
bil som påträffats på Gullmarsplan. Sedan upphör spå-
ren men vi söker vittnen för fullt! Vad känner du till om
detta?"

"Jag känner inte till något alls om detta" sa jag, "föru-
tom att Lisa skulle till mödravårdscentralen och var väl
på väg dit. Den ligger inte så långt därifrån. Men vad
var det för brev som kastats ut från bilen?"

"I brevet stod det bara "HÅLL DIG BORTA" och vi
förstår inte. Det verkar som ett klassiskt hotbrev men
säger inget alls. Vet du något?" sa jag.

"Jag gissar att det kan ha något med mitt jobb att göra,
du vet att jag är polis men du vet inte vad jag gör. Just
nu basar jag för en utredningsgrupp och vi håller på att
utreda en härva med narkotikasmuggling och langning.
Förra månaden tog vi fast 2 smugglare som försökte
flyga in narkotikan till en flygplats i södra Sverige till
ett värde av ungefär 17–18 miljoner kronor. Det gick
om intet och vi la beslag på godset. Jag tror att någon
blivit rejält sur på grund av detta!"

"Verkar vara en rimlig förklaring", fortsatte Göran.
"Men blev hon utsatt för något hot innan dess?"

"Inte vad jag vet" sa jag.

Kapitel 20

Mötet med Kim var bestämt till kl. 14.00 och de kände inte till varandras utseende så platsen för mötet blev mitt emot rulltrapporna vid T-centralens norra uppgång.

Harry stod vid de stora fönsterrutorna på Åhléns-varuhuset. Det luktade parfym långt ut på gatan. Det kändes som om man marinerades i Chanel nr 5.

Här var det en väldig trafik med folk som skulle till och från tunnelbanan. Många hade ställt sig efter fönsterväggen i samma syfte som Harry. Folk kom och gick. Här utdelades handskakningar och kramar. Några sökte med blicken runt folks ansikten för att få en kontakt. Visserligen var mötet förutbestämt, men man visste inte riktigt vem man skulle möta. Vissa hade säkert växlat foton men man det kan vara svårt i alla fall!

Någon tyckte sig känna igen någon, men den ena såg betänksam och orolig ut så den andra ryggade tillbaka och förnyade försök fick påbörjas.

Harry väntade en stund och så kom Kim fram med stora steg.

"Hej Harry!" sa hon med bestämd röst.

"Hej" svarade Harry.

"Vi går........". Harry avbröt sig själv för det var ett väldigt oväsen på Drottninggatan mot Kungsgatan till. Ett högt motorljud, dunder och släpljud.

Harry gick fram för att se vad som var på gång! Vad håller dom på med! En lastbil på Drottninggatan i hög fart mot Åhléns. Ett trafikhinder, en sugga, flög upp i luften sedan lastbilen kört på den. En satt under kofångaren och skrapade mot gatubeläggningen. Vad är det för idiot som kör så.

Folk kastade sig in i butiker, snubblade, sprang på varandra. En person verkade ligga livlös längre ned på gatan.

Harry skrek åt Kim "kliv åt sidan, in här bakom hörnet!". Sekunden efter small det till rejält. Lastbilen hade kört rakt in i Åhléns parfymavdelning.

En person med svart dunjacka och uppfälld huva sprang ner i tunnelbanan.

Harry insåg att vad detta nu än var, så ville han inte bli inblandad. Inte Kim heller. Visserligen hade nog bylingen annat att göra nu så fokus skulle nog inte vara på oss. Men bäst i alla fall att lugnt gå därifrån.

"Kom nu, vi går!" sa Harry till Kim. De gick i riktning mot Centralstationen.

"Bäst är att vi tar T-banan till Alvik, där finns ett fik vi kan besöka!"

Färden dit tog 20 minuter och för att inte exponera sig tillsammans för länge åkte Harry och Kim i olika vagnar. Framme i Alvik tog de dessutom olika vägar för att komma till fiket. Kanske var det lite väl försiktigt, men man vet inte.

Alvik är en knutpunkt mellan T-banan, tvärbana och buss. Där är alltid mycket folk i rörelse. Fiket ligger i en egen byggnad mitt på torget och de gick in var och en för sig, tog var sin bricka och valde ut dryck och fikabröd samt betalade var för sig. Därefter gick de mot ett gemensamt bord, längst bort i lokalen.

"Vad i helvete hände vid Åhlens?"

"Inte vet jag" sa Kim, "verkade otäckt i alla fall, såg en skymt av en lastbil som dundrade in i ett skyltfönster"

"Hur går det med omlastningarna? Vi har mist 18 kg i Skåne och har väl brist på varor nu? Förbaskat irriterande! Snuten börjar gå mig på nerverna! De är oss hack i häl " inledde Harry den diskussion de egentligen träffades för.

"Jo tack, vi har cirka 2 kg kvar i skogslagret" sa Kim och menade det lager de hade nere i Grödingeskogarna. Kim var uppväxt i Vårsta och kunde skogarna på sina fem fingrar. Där fanns en håla i marken som den legendariske "Tumba Tarzan" huserat i på femtiotalet. Det var en av hans gömställen när han höll sig undan lagens långa arm efter de stölder och inbrott han gjorde i sommarstugor på Södertörn. Kim hade till och med hittat en silversked i den här hålan där knarket gömdes. Hon tyckte at historiens vingslag kunde höras där.

"Vi måste fixa ett litet problem och jag tror du har bra kontakter för att det skall bli resultat. Du vet den där snuten, Per Åström, han ligger bakom mycket skit vi måste stå ut med. Senast verkade han ha stor del i att våra 18 kg konfiskerades och han dök upp på polisstationen i Landskrona. Vi måste få honom att fundera på annat!"

"Ska jag se till att han lämnar jordelivet?" frågade Kim.

"Vi kan väl börja med att ge honom en tankeställare" sa Harry. " Han har väl en fru som man kan göra något med? Har du några idéer?"

Kapitel 21

Idag var det en perfekt dag för fiske med kastspö. Lite helgledigt. June jobbade inte idag och Harry försökte låta bli både med sina vita och svarta affärer då. Solen lyste och det var verkligen lugnt. Typiskt högtrycksväder. Inte för att Harry visste om det nappade bäst då, utan för att det var bekymmerslöst att gå med en 5 meters motorbåt. Man kan ligga stilla på en fjärd utan att det rullade så mycket.

Men en annan orsak var att smuggelgodset var lättare att hitta och fiska upp. Smugglarna tog sig från Finland över Ålandshav och droppade säckar med ett flöte på överenskomna platser. Koordinaterna fick han sedan via SMS i kodad form. Var det lugnt väder låg smuggelsäcken kvar på platsen och flötet var synligare. Blåste det fick han kompensera med vindstyrka och -riktning och dessutom skynda sig till platsen. Missade han kunde bytet gå förlorat. Säcken var fäst till flötet med en kemisk utlösare som brände av snöret efter 1 timme. Säcken sjönk då till botten och fick då draggas upp. Det hade Harry bara behövt göra en gång.

Harry tog med sig ett av barnen, Astrid, idag på turen som, officiellt inför mamma June, var en fisketur för att få tag på öring men Harry var ute efter betydligt mer begärliga varor.

"Astrid, är du klar?" ropade Harry från källardörren upp i huset. "Kommer" skrek Astrid tillbaka.

De gick ned till båten som låg vid den lilla bryggan. Vattnet glittrade i solgasset. Harry ställde ner väskan med mat och kaffe i båten och Astrid, som hoppat ner strax innan, tog emot den och stuvade ner den i den öppningsbara toften. De två fiskespön, som Astrid lagt på bryggan räckte Harry över och hon stuvade ner dem med handtag och rullar på botten av båten. Spöändarna fick luta mot mittoften och hon spände ett gummirep om dem och fäste det i en ögla i relingen.

Harry hade tankat båten kvällen innan så nu var det bara att luta ner motorn i vattnet och starta. Den här 25-hästaren är verkligen lättstartad så Harry behövde bara göra ett startförsök.

Astrid visste att man aldrig kastar loss om inte motorn är igång. Samma sak när man angör. Är inte motorn igång så kan man driva vart som helst om man inte får igång motorn igen.

Astrid kastade loss förtampen och Harry aktertampen och så startade färden mot fiskeplatsen som var utmärkt i plottern. Koordinaterna hade kommit via SMS för en timme sedan.

De kom fram till koordinaterna men Harry såg inget flöte i vattnet. Men det var svårt att se i motljus så Harry tog en sväng så de kom från andra hållet mot den angivna platsen. Den var dessutom på en uppgrundning som var på 6 m djup. Perfekt för strömmingsfiske. Nu såg Harry det lilla orangea flötet och sa åt Astrid att kasta draggen över bord när de kommit tillräckligt nära.

"Nu blir det strömmingsfiske" jublade Harry och de satte igång att göra iordning spön och tackel. Täcket bestod av 5 silverkrokar på en lina med en 30 grams vikt i ändan.

"Men vad har du för tackel?" frågade Astrid förvånat!

"Jag tänkte pröva något nytt" sa Harry. Han hade gjort en variant med ett flöte bredvid tyngden. På så sätt skulle det bli lättare att utdragna efter flötet som låg och guppade i vattnet. Men detta visste inte Astrid om, så hon sa "du är tokig, pappa!".

Harry behövde bara 2 kast för att få flötet som var fäst i en fiskelina som gick ner till det dumpade objektet. "Jag fick napp!" gastade Harry!

"Fick du, är det många?"

"Vet inte, men det känns tungt"

Harry fick fångsten nära relingen och sa "Jag tror det är en sko!"

"Va" sa Astrid, "vem tappar dojor här ute!"

Harry drog fångsten ombord och det var en gymnastik-påse fylld med något paket.

"Det var en konstig sko det där" fnittrade Astrid!

"Vi tar hem den och kollar vad det är" sa Harry och bytte till ett vanligt tackel. Ekolodet pep nu för fisk och det var bäst och slänga tacklet över bord.

"Nu är det min tur" nästan skrek Astrid och hivande upp sin lina. Fyra glittrande strömmingar åkte ner i hinken.

"Mamma, mamma, kolla hela hinken full" ropade Astrid när hon kom hem. "Och pappa fick en jumpapåse och några strömningar han".

"Bara och rensa nu då" sa June. "Kan väl du göra, vi har fiskat"

Harry hade tagit jumpapåsen till källaren och packat upp. I den fanns ett paket inlindat I shorts och T-shirt. Paketet var hermetiskt tillslutet och därför helt vatten-tätt. Kläderna fungerade som stötskydd. Harry gick ut med paketet till bil en och gömde det under bagage-rumsmattan vid reservhjulet.

"June" ropade Harry genom ytterdörren, "Jag åker till jobbet ett tag. Jag måste fixa några saker". Harry väntade inte på något svar utan hoppade in i bilen och körde ner mot Vällingby. Han tur det lugnt och höll hastighetsgränserna gott och väl för han ville inte få polisen efter sig med en sådan värdefull last.

Det lilla paketet skulle nu portioneras i små plastpåsar lämpliga för försäljning på gatan.

Men Harry skulle inte lämna paketet i Vällingby utan det skulle lastas om i Spånga. Därför ringde Harry ett samtal till Kim.

"Tjena, påse på väg för slakt om ungefär 1 timma" sa Harry.

Platsen för överlämnande var förutbestämd så man behövde inte orda om det över telefon.

Harry svängde av vid grusplanen under Tranebergsbron. Praktiskt ställe, lite trafik och flera rymningsvägar om det skulle bli nödvändigt. Sedan var det inte fel att ha tak över huvudet som skydd mot regn och helikopterspaning.

Det tog inte lång tid innan Kim kom farande och Harry stod vid vägkanten. Kim behövde knappt stanna. Han slängde in paketet genom det öppna fönstret på bilen.

124

Kapitel 22

Dagen började inte alls bra. Jag kom in på kontoret. Jag hade sovit dåligt, bara ett par timmar och kom ur säng alldeles för sent. Ett möte var inbokat med hela avdelningen och nu blev det snålt med tid.

En snabb fika med en kopp från vår nyinköpta espressomaskin fick bli frukost. En hårdbrödbit utan något på, inte ens smör, fick bli tilltugg. Jag sprang ner för trapporna och när jag kom ut på trappsteget till gatan, halkade jag och slog i rumpan i samma steg. Som tur var, blev inte nerslagen så hårt utan jag kunde resa mig, lite omtumlad bara.

Väl inne på mitt kontor lyckades jag sparka till papperskorgen. Fan också! Jag får städa efter mötet. Tog med mig lite papper till mötesrummet där alla satt som tända ljus och ett antal kommentarer om min sena ankomst briserade.

"Ursäkta mig" sa jag och var beredd att göra en pudel.

Men någon avbröt mig med "skit i det, det händer den bästa så det händer mig nästa gång, nu kör vi igång tycker jag!"

Alla drog på smilbanden.

"Den "bäste" var alltid bäst vid nästan alla möten" tänkte jag illmarigt!

"Då kör vi igång" sa jag. Jag beskrev det som hänt i Landskrona, kortfattat.

"Vi har anhållit tre personer och de sitter nu i Malmöhäktet. En av dessa skyller på tvång från en person som han kallar Kim. Jag vet inte vem det kan vara om han ens existerar".

Jag fortsatte: "Sedan har vi en person som fixade lasten till flygplanet. Förhoppningsvis har holländarna koll på det!"

"Kommentarer?" frågade jag.

"Vi vet således att fem personer minst är inblandade i den här härvan. Men det vi nu har koll på är själva transporten och hur och var allt skulle distribueras, vet vi inte. Och jag tror att det finns en uppdragsgivare som beställt transporten och som behövde leveranser för egen eller någon annans distribution."

Alla i mötet skruva på sig. De hade massor att göra redan utan den här arbetsuppgifter som de började ana skulle hamna på deras bord.

Jag försökte lugna dem genom att informera om att åklagaren och polisen i Malmö tar hand om de tre som anhållits och driver det vidare. "Vi skall bara utreda den fjärde och se vart det leder" fortsatte jag.

Någon hade tagit med sig bullar till mötet men så inget. De låg där på fatet. Doftade nybakat och jag hade inte fått någon ordentlig frukost så jag slängde blickar på bullhögen. Maria såg det och då "Hasse tog med sig bullar, vi kanske skulle ta en kopp kaffe och smaka på dem?"

Jag kände att mina mungipor gick uppåt och nickade till Maria. Alla reste sig, men jag hann före till kaffeautomaten med en bulle hägrande framför ögonen. "Nu var du snabb" sa Hasse. "Mmm...." sa jag.

Även om hungern är bästa kryddan så var den här utsökt.... tog en till...lika god den!

"Om jag nu summerar lite, så behöver vi ta reda på mer om den här Kim. Vad är detta för en figur?" sa jag.

"Hasse du kan väl kolla diskret med dina kanaler?" Hasse bekräftade med ett "Mmm."

"Maria! Jag vill att du håller kontakt både med Malmö-
polisen och med åklagaren därnere för att höra om de
tre anhållna kommer med uppgifter vi kan ha nytta av.

"Jag ska kontakta holländarna för att lyssna om de vet
vem det var som lastade knarket på planet?"

"Nu till frågan om händelsen vid Plattan, hur har det
gått för kvinnan och vem var det? Frågade jag och tit-
tade på Hasse.

"Vi hade inget på kvinnan i register och vid samtal med
familjen framgick det att hon kallades Mia, säger det er
något? Hon verkar bara ha varit en beroende som kom
i vägen för en avrättning i den undre världen. Hon dog
på sjukhuset och langaren dog på plats" sa Hasse.

"Tyvärr blev hon ytterligare ett oskyldigt offer för
gängkriminalitet" sa jag.

Alla satt tysta.

"Vad sa teknikerna om väskan?" sa jag.

Maria svarade "De undersökte väskan och hittade nar-
kotika i påsar. 15 stycken var det."

"Då har vi en kedja här, Landskrona, plånbok, Kim,
gummibåt till Plattan" sa jag.

Jag avslutade med "Ni vet vad som är på gång och fort-
sätter med vad ni har för händerna. Tack Hasse för ini-
tiativet med bullarna."

Kapitel 23

Det pep till i skärmen i bilen. Hasse kollade och öppnade ett mail från åklagaren. Det var beslutet om husrannsakan och Hasse skrev ut det på den inbyggda skrivaren.

"Nu har vi beslutet" sa Hasse.

Maria hade knappat in adressen på GPS:en så det skulle bli enkelt att hitta dit. De svängde in på Grimstavägen och porten låg en bit in på något man kunde likna vid en gränd. Maria bromsade in och med ett ryck stannade bilen vid trottoarkanten.

Hasse öppnade ytterdörren för Maria som klev in och ställde sig framför måltavlan.

"Vad varm det var härinne" kommenterade Maria och fortsatte "K Baldwell bor tydligen på plan 2"

Huset hade bara 3 våningar så det blev enkelt att hitta till rätt sätt. På plan 2 fanns 3 dörrar. Men ingen dörr hade den namnskylt vi letade efter. Men enligt handlingarna vi fått så skulle det vara lägenhet 1361. En liten skylt överst på dörrkarmen skvallrade om det.

"Adress och lägenhetsnummer stämmer med husrannsakan Men inte namnet. Det står Kokomäki" sa Maria.

"Vi ringer på här!" sa Maria.

Hasse lade handen på pistolen i hölstret utifall. Man vet aldrig vad man möter.

En ljudlig klocksignal hördes när Maria tryckte på knappen på dörren. Omedelbart hördes att där var någon i lägenheten. Det lät som något åkte i golvet. Efter någon minut öppnades dörren.

"Vad är det om?" sa den burduse mannen med dörren bara lite öppen. En spärrkedja hindrade att dörren kunde öppnas mer.

"Vi vill komma in här" sa Maria och visade upp husrannsakan framför ansiktet på den burdus mannen.

"Varför ska ni det?" fortsatte mannen med samma samtalston. Men han hakade av kedjan med en tveksam rörelse och slog upp dörren med en häftig rörelse.

"Jag har fan inte gjort något!"

"Vi vill bara ställa frågor" sa Maria och gick in i tvårummaren som inte var det mest städade hon sett på ett tag. Här syntes att det huserade folk med både alkohol och drogproblem. Flaskor på borden och en kvarglömd nål på spisen.

"Är det din lägenhet?" Frågade Hasse.

Mannen stirrade helt idiotiskt på Hasse och så "Nä.... Hur så?"

"Vem äger den då?"

"Hur ska jag veta det? Inte jag i alla fall."

"Vad gör du här då?"

"Jag är bara på besök"

"Vem bor här då, som du besöker? Hasse började bli lite irriterad på det tröga samtalet och hade höjt rösten en aning för att försöka få mannen att forcera sina svar och förhoppningsvis bli mer upplysande.

"Min kompis!"

"Vad heter din kompis då?"

"Vad har du med det att göra? Dra åt helvete"

Hasse blev förvånad över mannens utbrott. De ville bara ha upplysningar.

"Nu får du ut med språket!" gormade Hasse. "Du vet väl för i helvete vem du bor hos! Vems namn står på ytterdörren? Skärp dig nu!"

Maria hölls sig i bakgrunden, van vid att Hasse brusade upp när inte svaren kom i tillräckligt snabb takt och med rätt innehåll. Han gillade inte när någon försökte jiddra med honom.

"Svarar du inte på min fråga omgående ska jag släpa dig över gårdsplanen till stationen och där får du sitta tills jag vet vem du bor hos och som äger eller hyr den här lägenheten! Så vill jag veta vad du heter och hur du känner den som har den här lägenheten? Svara nu så att jag tror dig! annars jävlar!"

Hasse var riktigt arg nu och levde om som bara den. Ibland fick Maria stoppa honom om det blev för vilt. Hasse kunde ibland gå över gränsen och ta till handgripligheter. Den här gången hade det bara kommit till ett kroppsspråk som aviserade att snytingen låg i luften.

Mannen svarade "Jag är Kim och den som jag bor hos heter också Kim, lustigt va?"

"Fan, driver du med mig!" gästade Hasse.

"Nej det är sant"

"Vad heter du mer än Kim då?"

"Bellucci"

"Bellucci! Och det vill du att jag ska tro på!?"

"Här är mitt körkort! Står det inte så, där då?"

"Vem är den Kim du bor hos då?"

"Vem det är? Det är Kim förstås, vad menar du?"

"Det stod Kokomäki på dörren. Är det Kim Kokomäki som är lägenhetsinnehavare?"

"Jag vet inget om någon Kokomäki! Jag är här på besök hos Kim"

"Heter Kim något annat än Kim?" fortsatte Hasse med en hotfull ton. Hans högerhand viftade i luften och kroppen var aningens framåtlutad mot mannen.

"Jag vet faktiskt inte. Har aldrig hört det!"

"Men vad fan! Du bor här och vet inte efternamnet på den du bor hos! Det tycker jag låter konstigt!"

Maria gick runt i lägenheten under tiden som Hasse försökte få något vettigt ur mannen i köket.

"Känner du möjligen någon som heter Kimberlie Baldwell?"

"Ingen aning" sa mannen med en oförstående blick.

"Maria! Är du klar så far vi!"

"Alldeles strax" hördes från toaletten.

"Vi går nu" sa Hasse till Kim Andersson.

Hasse och Maria gick ut och över gården till bilen de parkerat vid vägkanten. De satte sig och Hasse så "Hittade du något av värde?"

"Helt klart är att där även bor en kvinna. Jag hittade en byrålåda med trosor men även en med kalsonger. På toaletten hittade jag make up-grejor"

"Det här kan tyda på att det bor eller vistas en Kimberly där, frågan är bara vem som är vem? Vad jag förstår så var inte den här Kim vi träffade samma person som på körkortet vi fick kopia på från Malmö. Men det var en korthårig person på bilden. Körkortet numera ger ingen upplysning om kön numera. Men efternamnet Baldwell stod på körkortet och innehavaren av lägenheten hette så också! Men efternamnet på dörren stämde inte in på vare lägenhetsinnehavare eller den Kim som var där!" sa Hasse.

"Detta blev rörigt. Jag tror vi måste sätta ”Span” på lägenheten och se vilka som kommer och går och vart" sa Maria. "Jag googlade på namnet Kimberly och det är 2 män som heter så men nästan 500 som är kvinnor. Kim är ofta en förkortning av Kimberly eller Kimberlie. Men det kan även vara ett oförkortat förnamn."

Kapitel 24

Tåget till den gamla betongfabriken som fortfarande var i bruk, spärrade vägen för Kim Bellucci. En flaggvakt höll sin röda flagga framför nosen på bilen där järnvägsspåren korsade "Liljeholmshamnen" som var namnet på den gata som gick under Liljeholmsbron. Gatan låg söder om Liljeholmsviken och vattnet tillhörde Mälaren.

"Tänk att man kan åka till Amerika direkt härifrån" tänkte Kim.

Tankarna svindlade iväg honom men nu hade han annat att tänka på. Han skulle bara en bit bort till en tilläggsplats och invänta en liten båt med en kvinna vid rodret. De tre små väskorna i skuffen innehöll vardera 25 portionspåsar heroin. Varje påse innehöll 1 gram och hennes pris var 500 kronor/påse. Langaren tog i regel 1000 kronor/påse. Men priset kan variera från 600 till 1500 kronor/påse, beroende på tillgång och efterfrågan.

Tanken med detta var att hon sålde de här väskorna till langare inne i City. Ett telefonsamtal och hon var snabbt på plats vid någon överenskommen tilläggsplats. Langaren fick hoppa i båten och åka med till en annan plats och under färden växlades väska mot pengar. Svårt att skugga dem och svårt att bevisa transaktionerna.

Tåget med alla cisterner passerade och flaggvakten släppte iväg Kim Bellucci som lät bilen rulla sakta mot den överenskomna platsen vid stranden där det stod två tre meter höga polkagrisrandiga pålar. Det fanns två tilläggsplatser med brygga och de var väl synliga. Och bekväma bänkar fanns monterade direkt på bryggan. Var bara att sätta sig där och vänta. Utsikten var extremt god. Det tog bara 20 minuter innan Kim fick syn på den lilla gummibåten med vindruta och utombordsmotor som han väntade på.

En 40 hästare var det, det avslöjade logon på sidan av motorn. Men hon nyttjade långt ifrån alla hästkrafterna. Båten kom i riktning mot bryggan med knapp styrfart.

Kim Bellucci gjorde sig beredd att ta emot båten och åka med en tur för att lämna 4 väskor med totalt 100 portionspåsar. I utbyte fick han 40 000 kronor i kontanter i snarlika väskor. Allt för att förvilla en nyfiken person som inte hade något med saken att göra.

En annan fördel med att välja platsen här var att den var lättillgänglig med både bil och båt.

När transaktionen var klar tog Kim Bellucci sin vita bil i riktning söderut och valde sedan olika slumpvis valda vägar. Allt utom att åka upp på Liljeholmsbron för att inte hamna under någon kamera för trängselavgift.

Kapitel 25

Jag hade nu ett möte med gänget om hur det gått med de arbetsuppgifter som det fick igår.

Hasse hade fått i uppdrag att undersöka vem den här Kim var. Då menade jag Kim i båten, inte den Kim som fanns i lägenheten i Grimsta. På körkortet som Maria fått en kopia på, angavs Kimberlie Baldwell. Men frågan var vem det egentligen var, jobb, kontakter etc. Hasse hade en hel del kontakter i den undre världen som han skulle kunna nyttja.

Det handlade om en tjallare som Hasse hade som källa. Som "golade" till Hasse.

Gola, det är vad en tjallare gör. Den som golade fick som belöning att vi såg mellan fingrarna när han uppträdde som "kran", dvs sålde kokain i påsar på plattan. Visst, det var inte bra men vi hade kunnat ta större fula fiskar i vårt nät tack vare honom.

Hasse satte sig i bilen och åkte till Farsta för att söka upp den informatör som han ibland använde sig av. som vanligt när det gällde informatörer var det personer som stod längst ner på den kriminella stegen. En som behövde hjälp ibland för att klara sitt eget skinn och ibland gärna tog emot en lunch som tack. Hasse hade två golare och den här gången skulle han träffa Erik, en småhandlare nere i Farsta. Hasse visste att han hade en del kontakt i den undre världen som nu skulle kunna reda ut begreppen. Situationen var väl även den att Hasse vid ett tillfälle hittat Erik med fingrarna i syltburken, så att säga. Erik brukade smålanga för att täcka sitt eget behov. Hasse hade väl inget riktigt bevis på händelsen och såg mellan fingrarna men lät informatören vara. Han skulle säkert haft narkotika i påsar på sig men han skulle nog göra mer nytta som golare.

Oftast brukar de hålla till i närheten av tunnelbanestationen så Hasse parkerade på den stora parkeringen vid matvaruaffären och Systemet. Det var en gråkall dag så jackan fick åka på. Undrar hur den här sommaren skall bli, funderade han. Hitintills hade våren, förutom ett undantag på några dagar, varit kylslagen. Idag var det inte något undantag, som sagt.

Han gick till Torggatan och svängde höger till T-banestationen. Men golaren syntes inte till. Fasen också, jag får ta en hamburgare på Donken. Det var lunchtid. Kanske informatören dyker upp senare. Hasse tog långsamma steg mot hamburgarstället och passade på att gå förbi bokbutiken.

"Man kanske skulle köpa en deckare" tänkte Hasse.

"Visserligen var verkligheten många gånger rafflande, men det satt aldrig fel med lite underhållning på lediga stunder".

Dessutom roade han sig med att leta direkta faktafel. Många författare skriver deckare utan att ha en absolut förankring i verklighetens hårda polisarbete. Men det är i stort sett bara vi poliser som ser de här avvikelserna.

Hasse gick in på bokaffären och letade efter hyllan med "Spänning". Den var i mitten av butiken. Han brukade alltid börja leta på de nedersta hyllorna för att hitta böcker av de mindre kända författarna, kanske till och med av någon okänd. Högre upp stod alla som lyckats skapa sig ett namn, men han ville stödja de som inte var i rampljuset.

Det fick bli en bok av Lourdes Daza Gillman. Den författaren hade han aldrig hört talas om tidigare så det ska bli kul och se vad som utspelar sig i den boken.

Hasse går ut från gallerian och mot den hägrande lunchen. På väg dit finns en liten korvkiosk, men Hasse föredrar att sitta vid ett bord i stället för att stå i kylan och käka korv. I kön till kiosken står 2 huttrande personer. Den som står siste känner han igen. det är informatören.

"Hej, står du här och huttrar. Kom så går vi in på Donken, jag bjuder." sa Hasse.

"Det tackar vi för" svarade informatören.

De båda beställde var sin hamburgermeny och satte sig vid ett bord. Det hade varit mycket folk på restaurangen och några hade som vanligt inte plockat undan efter sig.

"Hur går det för dig, nuförtiden" frågade Hasse sin skyddsling. Han kallade honom så för han hade varit en bra informatör och värd att förvalta. Hasse hade fått många bra tips och var rätt mån om den här källan.

"Tackar som frågar! Det går bra på jobbet och jag skulle egentligen inte hålla på med den här sidoverksamheten. Men det ger mig varor till inköpspris och pengar till försörjning."

Hasse harklade sig, en bit lök kändes rätt frän men han fick fram "skulle behöva lite hjälp av dig" trots att halsen tjocknar till.

"Vad tänker du på nu?"

"Jo" sa Hasse, " jag funderar på om du vet vem Kim är?"

Golaren såg lite skärrad ut när han sa "Kim, Kim, nej någon sådan har jag inte hört talas om. I vilket sammanhang skulle det vara?"

"Det är inom din sidobransch!"

Golaren så nu mycket besvärad ut och han skruvade lite på sig i stolen. "Eh, nej inga klockor klämtar"

Kapitel 26

Undrar om det blir bullar idag också? De som vi fick förra gången var alldeles utsökta! Vi var fem hårt arbetande personer på den grupp jag var chef över. Alla skulle strax samlas i mötesrummet som låg i samma korridor som mitt kontor. Ja, alla fem hade kontor i samma korridor.

Vi hade fått till utsmyckningen i korridoren fint, med en massa konstnärskort som vi satt i vita ramar. Totalt 20st i rad på väggen. Jag tog långa kliv bort till mötesrummet för jag var sen.

De satt där redan, alla utom Hasse.

"Hej" sa jag, "var är Hasse då?" Jag hann knappt avsluta meningen förrän Hasse stod i dörröppningen. Han drog in andan och informerade utan att sätta si.

"Jag har varit i kontakt med holländarna och de sa att de tagit personen som lastade planet. Han hade varit inne i Groningens centrum och hämtat paketet med bil från en lastbil. De håller nu på med utredningen och han är häktad. Han erkänner inte brott. Påstår att han bara transporterar ett kolli för att hjälpa en kompis. De här tagit hand om hans bil för teknisk undersökning. Det är allt de hade att säga för ögonblicket."

"Hur har det gått för dig, Maria? Vad sa Malmöpolisen och åklagaren?"

"De sa att tre personer nu sitter anhållna men inget häktningsbeslut ännu! De som satt i planet erkände att de flugit en frakt men att innehållet var okänt! Den tredje personen vidhåller att han blivit tvingad av en person i Stockholm som han påstår heter Kim. Men har ingen aning om var han håller hus" redogjorde Maria.

" Jag tycker det är jäkligt varmt härinne, är det fel på ventilationen igen?" Alla tittade på mig och såg frågande ut, men ingen så något.

"Hasse, har du fått fram något? Om Kim alltså?"

"Jag har två golare, men ingen visste något. Den ena såg verkligen ut som han inte visste något, den andra blev väldigt orolig. Jag tror att den personen visste vad det var frågan om men ville inte ut med språket. Jag skall göra nya försök."

"Bra" sa jag, "pressa dem lite."

"Fan vad jag känner mig hängig" tänkte jag. *"Har ingen lust att bli sjuk nu, men vem kan bestämma hur och när"*

Kapitel 27

Maria var en kunnig och intelligent person som pluggat till en master i juridik. Hon var 26 år och hade skinn på näsan och var van att handskas både med kriminella och ändra. Hon var mycket påläst och hade lätt för logik vid förhören. Hon snappade upp det mesta och hennes förhörsmetod gick ut på att förvirra offret med frågor som inte var i logisk ordning och med skiftande ämnen. Den som blev förhörd och inte talade sanning hamnade lätt i att få försvara motstående redogörelser.

Jag gillade henne skarpt för hennes professionalitet och förmåga att komma i mål med sina uppgifter. Hon var en riktig klippa även om hon inte drog sig för att tillrättavisa någon om hon tyckte att något blev fel. Ibland var hon för snabb och kunde göra detta även om det var hon som var ute och cyklade. Hon var lite elitistisk i sitt sätt och folk med lägre utbildning än henne, tillrättavisades snabbare. Men ibland hade hon fått tillbaka när tillrättavisningarna varit obefogade.

Den här kvällen skulle hon ut på en restaurang och käka med några kompisar. Maria förstod att dagens uppgift måste klaras av innan hon kunde gå för dagen. Sådan var hon, alltid arbete före nöjen.

Skrivbordet som Maria hade, var kliniskt rent från tillhörigheter som syftade på familj. Däremot fans en tunn och smal bräda som hon placerar i kanten på bordet mot väggen. För varje fall som hon varit med om att klara upp, hade hon limmat en sköldpadda i keramik där och skrivit månad och år framför.

Hon ringde namnet hon fått av mig. Det gick till Den åklagare i Malmö som hade hand om smugglingen i Landskrona.

"Hej, hoppas vädret är bättre där än här?" blev hennes inledningsfras. Den buttre åklagaren sa inte annat än "vad kan jag hjälpa dig med?"

Maria förklarade sitt ärende och fick veta att de hittat en plånbok på landningsbanan i Landskrona och i den fanns ett körkort. Via personnumret så hittade vi just nu en adress i Stockholm. Hon fick adressen i Vällingby.

"Men i plånboken fanns ett foto och några kreditkort som jag kan scanna och maila till er!" sa åklagaren.

"Tack, gärna"

Maria satt och tittade ut genom fönstret ut på taken. Kontoret var på sjunde våningen i polishuset på

Kungsholmen så utsikten var hyfsad. En disig dag hitintills men solen höll på att tränga igenom. Tydligast syntes det på spelningarna från blanka metalldelar på raken. Solkatterna skär som knivar i luften.

Ett pling i datorn väckte upp henne. Ljudet aviserade att ett mail var nyinkommet. Hon hoppades att det kom från Malmö. Hon tittade i mailboxen och precis som hon hade hoppats, fanns där ett mail med bilagor. En hälsning från undersökningsledaren och inskannade kör- och kreditkort. Körkortet hörde till Kimberlie Baldwell och kreditkortet hade samma namn. Alla foton visade en korthårig person. Men där fanns även kopior på 6 andra kreditkort men de hade olika namn. Förundersökningsledare var åklagaren Martin Svensson som hade noterat "Stulet, förkommet, okänd ägare" bredvid respektive kort.

Vi själva hade ingen förundersökningsledare ännu eftersom vi varken hade något brott eller misstänkt ännu.

Men vi måste utreda vem den här "Kim" var och varför den personen hade blivit beskylld för att tvingat åtminstone en av de inblandade i smugglingen, till att genomföra den.

Maria gick in till mig och redogjorde för informationen hon just fått. Maria var erfaren nog att veta vad som behövde göras. Så jag frågade bara "Vad föreslår du att vi gör med detta?"

"Vi måste få tag på den här Kim, så vi lyser honom, och kontaktar bankerna för att se var korten använts mest frekvent. Jag kollade folkbokföringen och en person Kimberlie Baldwell fanns där med adress Grimstagatan 31 i Vällingby. Där bodde även en Emilia Baldwell, kanske hans fru eller syskon eller något sådant? Jag föreslår att vi skickar någon dit."

Jag tyckte att det var en rimlig insats men sa "att kolla upp kreditkortens namn också när det gäller adresser. Jag skaffar fram en Husis."

En "Husis" var polisslang för husrannsakan vilket var nödvändigt för att komma förbi banksekretessen. Vi misstänkte att vi kunde hitta spår till en "langarcentral" och det räckte för att en åklagare skulle skriva på dokumenten.

"Men Maria" sa jag "Ta med dig Hasse, åk inte själv, man vet aldrig "

"Ja jag gör det" var Marias svar utifrån korridoren!

Jag hör henne sedan ropa "Kom Hasse, nu ska vi på utflykt!"

"Vart ska vi?" var det sista jag hörde innan dörren till hallen slog igen.

Hasse med Maria före sig rusade mot hissen och sedan ner i garaget. Maria styrde vant bilen ut på gatan. "Vad ska vi göra nu?" undrade Hasse. "Vi ska till Grimsta och en Husis är på väg till skrivaren i bilen. Vi har fått uppgifter från Malmö om att någon Kimberly Baldwell skulle varit inblandad i langningen på Enoch Thulins flygplats förut.

"De hade hittat plånboken i banänden och den innehöll körkort och en trave kreditkort. Körkortet ledde till någon Kimberlie Baldwell som jag fått adressen till. Vi åker dit och kollar vad vi kan hitta där!" sa Maria.

Kapitel 28

Dörren till mitt kontorsrum for igen med en sjuhelvetes smäll. Jag hade öppnat fönstret på mitt kontor innan jag gick för att kopiera några papper. Jag skulle ringa ett samtal och ville vara lite ostörd så jag drog med mig dörren. Det hade blivit korsdrag.

Min mobil ringde.

"Hej" sa jag. Det var Lisa jag talade med i telefon! "Hur går det? Du mådde lite illa i morse!"

"Ingen fara.... jag åt lite .... murbruk... så gick det över"

"Vad snackar du om nu" sa jag förvånat och förvirrat!

"Jo jag var sugen på murbruk, varför vet jag inte, när jag kom till skolan var en del puts på väggen lös och jag bara kände för att bryta loss en bit och stoppa i munnen och då gick det över!"

"Fan" skrek Hasse i korridoren, den här Kim är inte en man"

"Får jag ringa dig sedan, någonting på gång här" sa jag till Lisa, lade på och gick ut till Hasse,

"Vad pratar du om?" sa jag.

"Kim är en kvinna och hon är c:a 40 och jobbar för Harry. Det förklarar varför vi inte fått det här pusslet att gå ihop riktigt."

"Hur har du fått veta detta?" undrade jag.

"Hasse sa "Informatören!"

"Oj, vad har hänt nu då?

"Jag hade en liten grej på en av dem och informerade om att jag kanske skulle göra något. Jag fixade även lite bullar till honom, om du förstår vad jag menar" sa Hasse.

Hasse fortsatte "Kim är smeknamn för Kimberlie och så heter hon som har lägenheten i Grimsta och som varit i båten. Kim som bor i hennas lägenhet är man och den kurir vi spanat på som åkt mellan Vällingby och Liljeholmskajen. Verkstaden ägs av Harry Feng som fick restaurangen nedbränd."

Kapitel 29

Det tristaste med spaning är all väntan. Aldrig är det vid någon vacker plats med fin utsikt. Eller ett naturskönt område i solsken. Alltid vid någon trist gata och tråkiga hus och helst ska det regna också. Så gjorde det nu.

På mötet igår, blev det bestämt att Maria och Hasse skulle spana på Grimstalägenheten för att få mer kläm på vilka som bodde där. Vi hade träffat en man, Kim, som uppehöll sig där. Men lägenhetsinnehavaren, Kimberly Baldwell, visste man inte mycket om.

Skulle någon lämna lägenheten skulle vi skugga den personen för att hitta nya uppslag.

Klockan var nu sju på morgonen och hör satt de i bilen och lyssnade på regnet som smattrade mot bilplåten. Det var hyfsat varmt ute så de fick ha rutorna halvöppna för att få lite svalka. De småpratade om gamla minnen de hade ihop från spaningar de haft tidigare. Som när de suttit en hel dag och inget hänt vid en lägenhet. Ingen kom eller gick, men på kvällen kom en flyttbil och personalen tog ut alla möbler och drog. Innehavarna hade flyttat igår kväll men flyttgubbarna visste inte vart. Möblerna skulle till ett lager i Orminge. Så där stod vi med lång näsa.

"Kolla Hasse!" sa Maria, "där kommer han vi träffade igår!" "Och där kommer en person till, jäkligt lik den på körkortet!"

"De går mot parkeringen, låser upp en vit bil, hoppar in i den och kör iväg. Dags för oss att lätta nu, undrar vart de ska?" Maria startade motorn. Den vita bilen körde mot Grimsta rondellen. Maria och Hasse följde efter på avstånd. Den vita bilen for med hög fart ut på Bergslagsvägen. Hasse informerade centralen via mobilen vart de var. Den vita bilen körde hårt genom ron och upp mot Vällingby Centrum. Efter en liten färd på smågator kom de fram till en krog. Den vita bilen svängde ner till höger och in i ett garage som hörde till en bilverkstad.

Efter någon minut kom samma personer som färdats i bilen ut genom dörrarna och gick mot restaurangen. Samtidigt kom en person ut från restaurangen och mötte de här två. de snackade med varandra och efter ett litet tag kom mannen i restaurangen i dispyt med mannen de träffade igår. Det kom till vissa handgripligheter och det verkade som han inte var välkommen till restaurangen. Han gick iväg.

Hasse hade haft kameran i händerna och tog bilder ända sedan sällskapet kom ut från lägenheten och nu klickade det väldigt intensivt om den.

De kvarvarande gick in i restaurangen.

"Du Maria, jag slår vad om att besökaren är en kvinna"

"Hur kan du se det?"

"Ser det på gångstilen, ja jag är inte helt säker, vi får kolla på bilderna sedan."

Kapitel 30

Husfasaderna på andra sidan vattnet lyste upp i solskenet. De hade söderläge och inget skymde solens strålar på hela dagen. Det måste bli ohyggligt varmt i lägenheterna.

Hasse och Maria satt i bilen på parkeringsplatsen vid Liljeholms Strand och spanade. Skuggan från den gjorde att de gömdes väl och att de samtidigt fick en bra uppsikt över kajläget. Den hade dessutom dekorerats med två rödvit-randiga stolpar som såg ut som polkagrisar. De syntes tydligt ända bort till parkeringsplatsen.

Per hade beslutat att de skulle ta en bevakning på platsen. Hasse och Per hade följt Kim och hon landade gummibåten på den här kajen. Men varifrån kom bilen med väskan som skickades över till gummibåten? Vad innehöll den? Troligen narkotika. "Spangruppen" skulle ringa när de sett båten vid Stadshuskajen! Det hade observerats att gummibåten gjorde 1–2 turer de flesta dagarna och att personer åkt med som passagerare, kom från Plattan och efter turen återvände dit.

De hade både kamera och kikare i bilen. Självklart var picknic-korgen laddad med mackor, kaffe och flaskvatten i baksätet. Spaningsuppdrag brukar ta sin tid.

De hade precis dukat upp kaffe och mackor när de såg d gummibåten komma smygande i vattnet. De lade till vid bryggan som hade polkagrispinnarna stickande rakt upp. Det såg ut som porten till ett nöjesfält.

"Ser man på sjutton" sa Hasse, "där kommer den vita bilen vi följde efter i Vällingby. Undrar vad den gör här. Ska vi slå vad om att det är Kim som vi träffade, mannen i lägenheten alltså"

Den stannade på gatan ovanför bryggan och men man hoppade ur. Han öppnade bakluckan och tog en svart väska och gick mot bryggan. Kvinnan i gummibåten kom emot honom och hon hade också en svart väska med sig.

"Jag hade rätt!" sa Hasse, och knäppte flera bilder.

Mötet mellan de två personerna skedde snabbt. Väskorna bytte händer och båda återgick utan väntetid till bil respektive båt. Kvinnan tog det försiktigt ut på fjärden.

Mannen i den vita bilen gasade på i riktning mot Liljeholmen Centrum.

"Maria! Kör efter, visa vad du går för nu, full fart!"

Maria fick fart på bilen, ut från parkeringen och ut på vägen. Bilen hoppade över trottoarkanten med framhjulen vilt spinnande på asfalten. Den vita bilen hade redan hunnit en bit upp i backen framför oss. Men Maria lyckades komma ifatt på lagom avstånd. Undrar vart vi är på väg nu? Färden gick upp på Essingeleden och vidare mot västerort.

Det gick väldigt fort och klart över gränsen för vårdslöshet i trafik. Vi kom fram till bensinmacken vid infarten till Vällingby Centrum. Den vita bilen gjorde en tvär inbromsning och en tvär sväng in på macken fram till en av

"Hoppa ur" sa Maria "kolla vad han gör!"

Hasse hoppade ur bilen ock gick sakta och lugnt mot ingången på butiken! Kapuschongen på jackan hade han fällt upp. De hade setts i Grimsta tidigare så Hasse måste dölja sig. Han gick in i butiken och rotade i tidningshyllan. Efter någon minut kom föraren till den vita bilen in, tog ett varv förbi godishyllan och gick till kassan.

Hasse gick ändå längre in i butiken och hukade sig ner till hyllan där olika sorters oljor var placerade. Märkligt vilka fantasinamn man hade på oljor nu för tiden.

Föraren gick ut till sin bil.

Hasse gick förbi kassan och frågade efter telefonnumret till den här stationen. Sedan skyndade han sig ut till Maria som följde den vita bilen uppåt Centrum.

"Nu har jag kanske tur. Killen betalade med kontokort och då blir man fotograferad av bevakningskameran vid kassan. Har vi tur nu så kanske det finns kontokortsuppgifter att gå på, nu och sedan kan man se var han har varit!" sa Hasse.

"Jag har numret här och ringer dit medan du följer bilen" instruerade Hasse.

Medan Hasse pratade i telefon hann Maria följa efter den vita bilen fram till Kirunagatan. Den vita bilen svängde av bakom en restaurang, eller rättare sagt, en före detta restaurang. Den här hade ytterväggarna kvar men inuti verkade allt uppbränt.

Den vita bilen stannade utanför garageporten. Föraren hade klivit ur och var på väg in via en sidodörr.

"Vi fortsätter lite nerför backen" sa Maria. "Men hur gick det med övervakningskameror och bensinbetalning?)"

"Jo de skulle kontakta macken och sen skicka underlag. De skulle även åka dit för att hämta filmen och andra uppgifter. Har vi tur nu så får vi identiteten på den här figuren.

Hasse fortsatte: "Nu föreslår jag vi går in och hämtar den där väskan och ser vad vi kan hitta mer?"

Hasse meddelade centralen vad de tänkte göra och sen klev de ur bilen. Med bestämda fotsteg gick de mot garagedörren.

De knackade inte på dörren eller använde ringklockan. De klev bara rakt in. Mannen i bilen höll inte i väskan längre. Han befann sig i bortre delen av lokalen. Maria tog långa steg mot mannen som började se sig oroligt omkring. Han förstod vad som var på gång. Han borde ha känt igen inte både Maria och Hasse från besöket i lägenheten i Grimsta.

Maria sa "vart ställde du väskan du hade med dig hit?"

"Vilken djävla väska?" utbrast mannen med en axelryckning!

Fotsteg hördes i matrummet. Hasse gick in dit och mötte personen de sett utanför restaurangen tillsammans med killen de nu har i verkstaden"

"Vilka är ni och vad gör ni här?" frågade Harry.

Maria och Hasse visade sina polisbrickor och Hasse sa "Vi är här för att höra ägaren av verkstaden upplysningsvis. Är du ägaren?"

"Ja" svarade Harry. "Vad vill ni?"

"Först undrar jag om du känner mannen som stod i verkstaden?" sa Hasse.

"Det var nog en besökare" sa Harry.

Maria höjde rösten "Han smet iväg!"

Mannen försvann ut genom dörren som de kommit in igenom.

Maria sprang efter men var inte snabb nog. Han satte sig i den vita bilen och for iväg med en rivstart och sladd i lusthuset. En buss kom i samma ögonblick men det blev ingen kollision. Men det var nära ögat!

Maria osade svavel nu. Svordomarna flödade ur hennes mun. Hon gick in i verkstaden igen! Hon märke att det luktade olja därinne och det var väl egentligen inget ovanligt för en bilverkstad. Vad som var ovanligt emellertid var att vid en bänk så verkade golv och bänkyta så skinande rena. Rent av välpolerat.

Maria böjde sig ner för att insupa den oljiga luften ändå bättre. Hon tyckte det luktade dieselolja, mer än på andra platser i verkstaden.

När hon böjde sig ner fick hon syn på 2 väskor, väldigt lika de som synts på gummibåten och som levererats till den vita bilen som de skuggade hit. Den bara in av föraren som sen smet.

Maria gick in i matrummet och så till Hasse "Vi måste ta hit tekniska för att säkra spår. Hur går det med den här figuren då?"

"Ja....han medger att han heter Harry Feng och att han äger verkstaden och den brunna restaurangen, mer lyckades jag inte få ut av honom. Så jag tycker vi sätter "Span" på honom." sa Hasse.

Kapitel 31

Jag inledde mötet med att säga "Jag tror vi har nog med bevis nu för att häkta Harry Feng. Det senaste är fynden på verkstaden, väskan som Vällingbypatrullen hittade under en bänk. Man hade försökt dölja ompacknings-platsen med olja på golvet och bänkarna men väskan låg där. Tekniska intygar att det varit heroin i den.

Åklagaren, Marita Persson, hade varit med på de flesta av våra möten eftersom hon är förundersökningsledare. Nu väntade vi på henne. Hon brukar inte vara sen, men någon gång kan man förlåta!

Hasse serverade nybryggt kaffe medan vi väntade men hann inte hälla upp till alla då Marita dök upp.

"Vill du ha en kopp?" frågade Hasse henne.

"Ja, tack, skulle smaka gott"

"Ska vi gå igenom vad vi har nu!" sa jag och inledde mötet med att visa en sammanfattning på väggtavlan. Framför mig hade jag Marita, Maria och Hasse.

Jag försökte lägga ut en bild från min dator på projektorn som skulle visa den på väggen bakom. Naturligtvis hade det som vanligt hänt något med inställningarna på projektorn så bilden blev grön och visades snett.

"Men att inget kan fungera på rätt sätt och på en gång med den där jävla burken" Utbrast jag.

Maria letade reda på fjärrkontrollen som låg slängd på fönsterbrädan. "Jag startar om, så skall det nog fungera." Maria tog trollspöet och viftade i luften och den egensinniga apparaten surrade till högt för att sedan tvärtystna. Maria viftade igen med spöet och apparaten började surra och visade ett polisemblem på väggen en stund. Men så dök min bild upp.

"Tack Maria" sa jag och jag såg glada ansikten hos min lilla publik. I den satt även Marita Ask som var åklagare i detta fall.

"Så här ser det ut just nu" sa jag när jag stod framme vid tavlan och fått upp den första bilden. För att se om min lilla publik var med på noterna, tittade jag alla deltagare i ögonen. De kollade in bilden på tavlan med stort intresse.

A) Kim observerats i gummibåten. Någon väska lämnas till langare i båten

B) Bilder från vattnet utanför Stadshuset där Kim observerats i gummibåten. Någon väska lämnas till langare i båten. Langarna dokumenterats med bilder vid kajen och på bland annat Plattan.

C) Polisen i Lissabon skickat mig bilder på Harry på bilder. Visar att han har kontakt med internationella knarkligor och kända förbrytare i den kretsen som namngivits i dokumentationen

D) Harry på bilder från Lissabon. Visar att han har kontakt med internationella knarkligor och kända förbrytare i den kretsen

E) Maria fått bilder på Kim via körkortsregistret vilket kopplar ihop Kim med ingripandet vid Brommaplan

F) Harrys och Kims fingeravtryck i verkstaden

G) Harry Feng står som ägare av den brända restaurangen och bilverkstaden.

H) Föraren som vistades i Kims lägenhet, Kim Bellucci, åkte och bytte väskor med Kim i båten har vistats i bilverkstaden. Bilder finns

I) Kim Bellucci skuggades till bilverkstaden i Vällingby.

J) Väskor med narkotika på fodret hittad i verkstaden. Liknar den som lämnades över till langarna. Spår av narkotika fanns på underredet av en arbetsbänk.

K) Kims plånbok hittats på Enoch Thulins flygplats

L) Kim identifierad körkortet...lägenheten...båtsmugg-
lingen

M) Kim i bilen i bilen som skuggats från verkstaden i
Vällingby till Brommaplan. Den här gången hade man
inte hittat något som man misstänkte i bilen

N) Skuggning från båten i Liljeholmen till verkstaden
som brann

O) Skuggning bevakning av verkstaden de såg väl-
kända knarkarpersoner komma och gå åkte in i garaget
hämtade något.

P) Hasse hade bilder på att Kim lämnat över en väska
vid kajen i Liljeholmen till en person i bilen som sedan
färdades till garaget i Vällingby. Personen var Kim Ba-
luchi

Jag höll en regelrätt föreläsning om hela utredningen
och fick bra kommentarer från alla.

Marita sa att det viktigaste är att ni fått bevis på att
Harry Feng hade narkotika i verkstaden, att transporten
från verkstaden till plattan gjordes av en kurir och tjejen
i båten, att rester från ett paket från flygplanet på Enoch
Thulins fly var lika ett annat paket som hittats i flygpla-
net.

"Per" sa Marita "Nu tycker jag vi tar in den här Harry
Feng på förhör samt delgivning av misstanke för grova
narkotikabrott. Håller du med?"

"Ska bli ett sant nöje!" sa jag.

"Hasse och Maria, ta med er förstärkning och åk till hans hus på Rådmansö och hämta hit honom. Jag följer med. Informera Norrtäljepolisen!"

"Ska vi sätta en patrull på att hämta honom om han skulle vara i verkstaden?" sa Maria.

"Det är en bra idé, gör det sa jag.

Maria tog sin bil och Hasse och jag åkte med. En patrull i en civil bil gjorde följe. Vi tog E18 norrut och svängde till höger, strax innan Norrtälje, ut på Rådmansö. Efter 5 km tog vi in på en mindre väg som smalnade av, längre man kom in på den. Vii hade knappat i adressen i GPS:en och såg på kartan att huset låg vid havet som enda hus i slutet.

Jag var helt nöjd med att få åka ut på landsbygden för att fånga rövare. Solen lyste från en klarblå himmel. Den blänket i de vatten vi såg från bilen. Jag drömde mig bort till en fin tur ut på vågorna med en båt. Jag ägde ingen men hade varit ute och fiskat med en kompis för några år sedan.

"Man kanske skulle skaffa sig en båt" tänkte jag.

Jag vaknade ur drömmen och sa "Vi får hoppas att han är hemma nu då?"

Hasse svarade "Ja man vet inte, vi har inte blivit inbjudna precis"

Vi närmade oss slutet av vägen där huset låg.

"Tänk om det är Harry som kommer här" sa Maria.

En bil kom i hög fart mot dem. Den passerade. "Det var ingen i bilen som liknade Harry" sa jag.

Det dammade ordentligt och bilen med förstärkningen bakom som hade lagt sig på ett lagom avstånd för att slippa dammet!

Ett konstigt oljud hördes, som ett åskmuller. Bilen skakade till av oljudet.

"Vad fan var det" sa jag.

"Det kan knappast vara åskan, det är blå himmel" sa Hasse.

Maria sade "De kanske spränger någonstans?"

Vi var nära målet nu och Maria sa högt "det väller svart rök mellan träden där borta!"

Kapitel 32

"Vilken fin dag det är" sa Harry till sin fru June. De satt och åt sin frukost. Barnen satt vid bordet och stojade som vanligt.

"Ska inte ni till skolan idag?" frågade Harry.

"Men pappa då, har du glömt att lärarna har en studiedag idag?"

"Javisst ja! Det hade jag glömt bort. Vad skall ni hitta på nu då, när ni inte får njuta av skolan?"

"Jag ska spela spel på datorn" sa Doris.

"Hittar på nåt!" sa Astrid.

Harry svarade "du kan väl bjuda hit någon kompis, Jenny till exempel?"

"Hon är så konstig numera"

"Bjud någon annan då!?"

"Vi får se"

"Jag tänkte ut och fiska med båten i det vackra vädret" sa Harry " ingen som vill följa med?"

"Tråkigt" sa Astrid som inte verkade ha sin bästa dag idag!

"Du då?" sa Harry till Doris

"Jag vill spela"

"Då far jag själv då" sa Harry med en blick på June.

Hon brukar inte bara ett dugg intresserad så svaret blev nog givet. "Åk du, jag håller ställningarna här" sa hon.

"Yes" tänkte Harry som faktiskt tänkte njuta av en ensam åktur!

"Men jag plockar in disken i diskmaskinen innan jag far!" sa Harry! Han väntade si väl inte vågen precis, men något lite kännetecken på att någon hört något kunde vara trevligt!

Harry ordnade disken kvickt och tog raska steg ner i källaren efter att ha laddat kaffebryggaren med kaffe och vatten. Kaffe i termos är ett absolut måste vid fisketurer. Mackor med skinka hade han fixat innan frukosten så de låg färdiga i kylen!

Fiskeväskan låg på sin plats och återstod att välja spön. Harry valde ett mjukt spö och ett medelhårt. Det mjukare för lätta drag och det andra för de tyngre. Båda med haspelrullar.

Han tog även fram en plastburk som han klädde invändigt med en plastkasse. Den skulle han slänga fångsten i om han fick något. Det var inte så säkert. Att det blivit sämre med fisk, på sista tiden hade han märkt och detta bekräftades av de som bott här länge.

Nu var det bara att hämta mackorna och kaffetermosen.

"Hej då!" sa Harry med hög röst i köket. June svarade tillbaka med ett "lycka till, se till att vi blir mätta!"

Harry tog sina prylar med sig och gick ner för stigen till bryggan där båten låg. Så fort han satte foten på bryggan blev han utskälld av en svart sjöfågel som vilt trumpetade ut sitt missnöje.

"Sista tiden med hot och en nerbränd restaurang har varit lite för mycket! Skall bli skönt att få sitta i båten och njuta av havet, utsikten och ett bra väder!" tänkte Harry.

Harry lade ner väskor och spön i båten och klev själv i. Han hissade ner motorn och startade den. Släppte sen tamparna i för och akter. Backade sedan ut från bryggan. Körde sedan ut på fjärden och tänkte sedan *"ÄNTLIGEN"*.

Mitt ute på fjärden fanns en uppgrundning där fisken brukar trivas. Mitt över grundet kastade Harry i ankaret eller rättare sagt, blyplätten. Vattnet stänkte och dropparna glittrade i solskenet.

Harry tog det lugnt och tog fram en öl ur väskan lutade sig bakåt och njöt.

En båt passerade på babords sida och vågorna från den fick Harrys båt att gunga häftigt vilket väckte honom ur njutningen.

"Dags att prova fiskelyckan" tänkte Harry medan han donade med sitt spö och valde rätt drag.

Plötsligt hördes ett våldsamt muller inåt land. Harry lyfte blicken åt det håll som myllret kom ifrån. En svart rökpelare steg upp från ett hus. En isande känsla steg genom Harrys kropp. Det såg ut som det var Harrys hus som drabbats!

Harry slet fram kikaren ur väskan. Riktade den mot huset. Det han nu fick se chockade honom svårt! Den svarta röken kom från ett stort hål i taket där höga eldslågor slog upp. De flesta fönstren var urblåsta och eldslågor slog ut genom alla.

En väggavel hade gett vika och såg ut att kunna rasa när som helst. Ingen kan ha överlevt detta. Ingen! Harry tänkte på frun och barnen.

Allt som stod honom kärt var nu borta!

Kapitel 33

"Djävlar i helvete, någon har sprängt hela huset" skrek jag.

Det låg bråte över hela tomten. "Ingen kan ha överlevt den här smällen" sa Maria.

"Detta måste vara arrangerat, någon måste ha placerat någon typ av bomb i huset" sa Hasse, "det här nog att göra med bilen vi mötte"

"Harry är säkert borta nu" sa jag, "det här är en uppgörelse mellan kriminella gäng, det är min kvalificerade gissning"

Jag fortsatte "Vi kan inte fortsätta på det här spåret, vi har nya problem! Det här är som att spela Fia med knuff, man hamnar ofta på ruta ett"

Postskriptum

Händelsen i slutet av boken är mycket tragisk med barn inblandade. Tyvärr har ju liknande hänt i verkliga livet med skjutningar rakt in i lägenheter där vem som helst i familjen kan dödas eller skadas.

Polisen ringar in kriminella nätverk och försöker spräcka gängen men det uppstår genast nya gäng och nätverk.

Narkotika betyder pengar i fickorna hos de kriminella men ett stort lidande hos missbrukarna. Det är därför våra lagar är till för att stoppa att vissa skall tjäna pengar på andras lidande.

I Portugal där innehavet inte blivit legaliserat utan bara undantaget straff, har inte knarkanvändandet minskat. Där får man nu en slags avgift att betala, likt en parkeringsbot och erbjudande om vård istället för böter och fängelse. Detta har medfört att sociala kostnader har stigit men lidandet kvarstår.

Ligorna de tjänar pengar som tidigare, innan de nya reglerna kom till.

Per Åström och hans kollegor gjorde att bra jobb. Ty-
värr innebar det tragiska slutet inte att kriminaliteten
upphörde. Det innebar bara att nästa gäng tog över och
poliserna var tillbaka till Ruta Ett.